哈萨克族民间故事精选

孤儿的八十句谎言和四十句谎歌

焦沙耶 张运隆 编译

新疆美术摄影出版社

新疆电子音像出版社

图书在版编目(CIP)数据

孤儿的八十句谎言和四十句谎歌 / 焦沙耶, 张运隆编译. — 乌鲁木齐:
新疆美术摄影出版社:新疆电子音像出版社, 2013.9 （2015 年 4 月重印）
（哈萨克族民间故事精选）
ISBN 978-7-5469-4399-2

Ⅰ.①孤… Ⅱ.①焦… ②张… Ⅲ.①哈萨克族 – 民
间故事 – 作品集 – 中国 Ⅳ.①I277.3

中国版本图书馆 CIP 数据核字（2013）第 232819 号

哈萨克族民间故事精选

孤儿的八十句谎言和四十句谎歌
GUER DE BASHI JU HUANGYAN HE SISHI JU HUANGGE

编　　译	焦沙耶　张运隆
责任编辑	栾　蕾
书籍设计	王　芬
绘　　图	孙与泽
出　　版	新疆美术摄影出版社　新疆电子音像出版社
地　　址	乌鲁木齐市经济开发区科技园路 5 号
邮　　编	830026
发　　行	新华书店
印　　刷	三河市燕春印务有限公司
开　　本	787 mm × 1 092 mm　1/16
印　　张	11
字　　数	81 千字
版　　次	2015 年 4 月第 2 版
印　　次	2015 年 4 月第 1 次印刷
书　　号	ISBN 978-7-5469-4399-2
定　　价	29.80 元

目　录

父亲的嘱托

有个聪明的老汉,在孩子要跟着驼队到集市去为乡亲们办货,问他要带什么东西时,他拿出一个马褡子对孩子说:"孩子!把你们一路上吃剩下的馕渣儿装在马褡子里给我带回来吧!"

孩子接过马褡子,对父亲的嘱托莫名其妙,正想问个清楚,伙伴们已经来催他上路了,他只得拿上马褡子走了。一路上他左思右想,始终想不出父亲要这些馕渣儿干什么,另外也觉得每次喝茶以后,去拾那些剩下来的馕渣儿怪麻烦的,不几天就将这事给忘了。一个月以后,他们所需的货已经备齐,为朋友们捎的东西也买好,准备启程回家了。这时孩子才又想起父亲的嘱托,虽然仍不明白,但也不好使他老人家失望。于是开始在每次喝罢茶,朋友们倒在一边休息的时候,取出父亲交给他的马褡子,捡那剩在餐巾上的馕块儿、馕渣儿。

一个月以后,因为他们的牲口都驮上了货物,走起来比来的时候

1

慢得多,本来早该到家了,可是现在才走了一半。他们准备的干粮已经吃完了,而这以后的路全是渺无人烟的戈壁荒野。怎么办?几天不吃一点东西,没事的人也受不了,何况他们还要吆着牲口赶路。这时孩子想起了给父亲带的馕渣儿,这东西虽说不及整馕,但总是能充饥的。便将那大半马褡子馕块儿、馕渣儿拿出来,与伙伴们分着吃。

几天以后,他们终于靠这些馕渣儿撑回来了。孩子提着剩下的馕渣儿去见父亲:"叫我给您带的东西没有全带回来……"随后,就将路上的情况告诉了父亲。

老汉听了孩子的述说,又见他将还不到一捧的馕渣儿细心地倒在餐巾上,便笑着对他说:"孩子,我哪里是要你给我带什么馕渣儿……不过我要你带的东西,你似乎已经给我带回来了,将这些馕渣儿放在这儿,快去休息吧!"

孩子听了父亲的话,顿时醒悟过来,小心地将餐巾上那堆馕渣儿包好回去了。

不会运用自己财富的人

有一个身强力壮的小伙子,常常抱怨父母不虔信胡大①,没能给自己留下什么财富。他自己什么活儿也不想干,只是时刻想着胡大,希望胡大能赏给他一笔财富。可是时间一天一月的过去了,他仍然是什么也没有,甚至比自己的父母更穷。

这天,他饿得实在受不了,便去向一位老大爷讨吃的,同时诉说了自己的心事。

老大爷铺开餐布,给他吃了些奶疙瘩,然后一边喝着茶,一边对他说:"小伙子,我向你要件东西。你如果答应给我的话,你要多少钱,我给你多少钱,并告诉你挣更多财富的秘密!"

小伙子苦笑着说:"哎,老大爷你别跟我开玩笑了!看我如今这个

---

① 胡大:即伊斯兰教的真主。

样子,连换一碗奶茶的东西都没有,哪还有值得你稀罕的东西。"

老大爷听了他的话,却一本正经地说:"不,孩子!我说的那件东西,正是你富余而我短缺的!"

小伙子还是不大相信,随口说:"老大爷,如果我真有值得您看重的东西,我白送您。"

老大爷还是十分认真地说:"如果你没有,我是不会对你开口的。"

"好吧!我答应给您,不要您一个钱,只要您告诉我挣更多财富的秘密就行。"小伙子见老大爷说得十分认真,也就真答应了。

"你真同意了?那你就将右手上最小的一个指头砍给我吧!"

"您又开玩笑了,好好的一双手怎么能砍一个指头下来呢!"

"你是舍不得了吧,我给你十个银元呢!"

"别说十个银元,就是一千个银元我也不卖呀!"

"一个手指头一千银元你不卖,那你有十个指头的一双手要卖多少钱?"

小伙子有些窘了,老大爷的话使他有些生气,说:"那根本就说不上卖多少钱!就是将我的生命拿去了,我也不能卖这双手!就是给我人一样高的金子,我也不能卖这双手!"

"小伙子,既然你那一双手如此贵重,你为什么还要埋怨父母没有给你留下财产呢?要知道,你父母给了你全身硬朗的骨头,给了你全身健壮的肌肉,这比起一双手来更不知贵重多少呢!你是不会运用这笔贵重的财富呵!"

从那天起,小伙子不再埋怨自己的父母,走上了辛勤劳动的道路。

技艺使你向上

有个很富裕的巴依，为了使自己的财产能够更快地增加，决定让自己的独生子带着驼队到外地去做买卖。孩子领着驼队来到一座美丽的城市。这座城市十分繁华，大街小巷人来人往，非常热闹。孩子想在这个城里转转，看有什么好买的东西，随即向大街走去。走着走着，不觉来到一个门上写着"能进来，不能出去"几个大字的院子门前。他望着门上的几个大字，十分奇怪，决定进去看看。一进院子，嗬！院子里可真热闹：一些人在跳舞，一些人在唱歌，还有一些人在演奏各种乐器。孩子对那些能发出种种悦耳响声的乐器很感兴趣，立即走到领着人们演奏的一位老人跟前，恭恭敬敬地向老人致礼问好后，说："尊敬的老爹！请教我演奏这些乐器吧！"

老人看了看孩子，说："教你演奏乐器？要学会演奏它们，最少得几年时间，还要花上百峰骆驼驮货物当学费。你愿意花这么多时间，交这

么多学费吗？"

孩子把带来的全部财物交给了老人，再次请求老人教他。老人答应了孩子的请求。就这样，孩子放弃了父亲叫他做买卖的事，专心向老人学乐器。几年后，孩子十分熟练地掌握了演奏各种乐器的本领。不过，这时他已是一个身上没有衣服、脚上没有鞋子的穷汉了。成了穷汉，不能去做什么买卖，只得徒步回到自己的阿吾勒①。到家后，父亲问儿子："你怎么搞成这个样子，买卖不顺利吗？"

孩子说："我根本没有去做买卖。我用带去的全部财产当学费，学了几年乐器。以我演奏各种乐器的熟练程度看，事业是有成就的。"

巴依对孩子的话很不以为然，但他没有责怪孩子，只是提醒他以后再不要这样做，随即再次给孩子一大批财物，让他第二次出去做生意。

孩子又一次带驼队出去了。他走了不少地方，也买了一些货物。这天，孩子在一座大城市里，又见到一个门上写着"进院容易，出院难"字样的院子，院里有不少人，一个个正专心致志地在写字、画画。他们的字画好极了，一下子就迷住了孩子。于是，他又把全部财物交了学费，在这儿学习字画。

几年以后，孩子的字画超过了所有和他一起学习的人，不仅如此，他还能模仿各种字体，仿写得叫人真假难分。不过，他又和上次一样，虽然学到一手好字画，但是临了儿还是不得不徒步回自己阿吾勒。

---

①阿吾勒：哈萨克语，即游牧民族村落。

父亲想儿子这次一定能赚回来大批财产，谁知他又是空着两只手步行回来，又是急，又是气，对他说："打你，骂你吧，你是我的独生子；不打，不骂吧，你会把我的财产全部胡花完。你说吧，现在我该怎么办？"

孩子说："让我再出去一次吧，这次一定专心致志做买卖，把上两次的损失全部补回来！"

巴依想：就试他三次吧！于是，将自己的全部财产交给了孩子，打发他出门经商。

这次孩子出去，不多久又遇到他非常感兴趣的事情——一座城里，人们在学习下棋。孩子又把自己的全部财物当学费，在那座城里学了几年。几年后，孩子下棋不仅能战胜老师，所有同他下棋的人，没有不败在他手下的。不过，他这时除去琴、棋、字画的技艺之外，没有半点金银财物，还是只能同前两次一样，空手回自己的故乡。

巴依见孩子还空着双手回来，气得连话都说不出来了。孩子看到家里这个情况，对父亲说："爸爸，都怪我把家里弄得这样穷困。这次我倒真想做一次买卖了，请您把我卖给别人吧！"

巴依真的把孩子卖给了一个过路的富商。富商很凶残，根本不给他一点休息的时间。他整天让孩子干各种重活儿。孩子虽说感到活儿很重、很苦，但因为会弹琴、画画，所以还是乐呵呵的，这就使富商很不高兴。他想：这个孩子年轻力壮，又会那么多技艺，看样子是一个不走运的有学问的人；我买下这样一个人来给我干活儿，太危险了，他最终会害我的！富商这样想着，起了歹心。第二天，他让人把孩子骗到戈壁

滩上一眼很深的枯井旁,趁孩子不注意,把孩子推下枯井里。

孩子没有死,只是昏迷了一天一夜。醒来后,他发现井壁上有扇木门。推开一看,里面是一个宽敞明亮的大厅。大厅的陈设也很朴素简单,只是到处堆着大小不一的各种书籍,还有一张床,床上躺着一个头发胡须银光闪亮的老汉。见到老汉,他想一定有出井的路,忙走过去。走到跟前,孩子才发现老汉两眼紧闭,呼吸困难,只有心还在微微跳动,已是快死的人了,根本无法向他问什么。这时孩子发现老汉的床头放着一个冬不拉,于是,他情不自禁地拿起冬不拉,弹起"我遇到了相爱的朋友"这支曲子。曲调欢快活泼,高亢激昂。没有弹完,昏迷的老汉突然说起话来:"哎,我的孩子,你怎么才回来?"

孩子十分奇怪,忙扭头想问他是怎么回事。老汉这时已看清孩子,也非常惊奇,说:"啊,你不是我的孩子!你是谁?从什么地方来?"

孩子把自己的遭遇给老汉说了一遍。老汉说:"我活了一百多岁,早已到了死亡的年龄。可是,只要一听到冬不拉那激动人心的声音,我的生命就会立即活跃起来,我也就能继续活在人世。我有个独生子,弹的一手好冬不拉。最多三天,他就为我弹一次冬不拉,让冬不拉高昂的声音来延续我的生命。前些天,他出门去了,不知为什么没有能及时回来。要不是刚才你那一阵高亢激昂的冬不拉琴声,说不定现在我已经停止呼吸了。孩子,是你救了我的命。为了感谢你,你有什么要求只管提出来,我可以满足你。"

孩子一听十分高兴,忙问:"我怎么才能再回到地面上去?"

老汉从书堆里取出一根美丽的羽毛对孩子说:"你带上这根羽毛,

它会把你带到你想去的地方。"

孩子接过老汉给他的羽毛,刚刚拿到手里,就觉着一股强大的力量推着他飞出大厅,沿着高高的井壁缓缓上升,不一会儿就到了地面上。上到地面,孩子又借羽毛的力量很快追上了富商的驼队。富商见孩子活着回来了,假惺惺地问孩子到哪儿去了,心里却又恨又怕,更想设法把孩子弄死。第二天,富商牵着自己的骏马,拿着一封信对孩子说:"孩子,这两天你受苦了,你骑上我的马,带上我给老婆的这封信,到我家把信亲手交给我老婆,我们随后就到。"

孩子骑上富商的骏马,带上信离开了驼队。他走着走着,对富商这几天对自己的热情感到反常,怀疑起来。最后,他决定打开信看看。一看,信上写着:"带信给你的是一个非常危险的小伙子,也是我的仇人。他活着对我们和女儿都是一个极大的危害。我因为做买卖,不能很快回家。他到后,希望你不要等我,立即设法把他送官处死!"

看完信,孩子明白了一切,于是模仿富商的笔迹重新写了一封信。信上写着:"带信给你的是一个非常好的小伙子,也是我的恩人。他的到来,将会给我们的女儿带来无限幸福。我因为做买卖,不能很快回家。他到后,希望你不要等我,立即把女儿嫁给他!"

孩子在路上不知道走了多长时间,终于来到富商家中。富商的老婆见了马和信,立即照信上说的那样,十分殷勤地款待孩子,同时,举行了非常隆重的婚礼,把女儿嫁给了他。

婚后,孩子带着姑娘上街游玩,见大街的中心竖着一座高大的宝塔,塔顶上修着一间宽敞的房子,塔的四周还有无数卫兵把守。孩子问

姑娘："这是怎么回事？为什么塔修在大街上，一座塔还派这么多卫兵把守？"

姑娘说："在这座塔顶上，我们的汗王正同各地来的棋手赛棋。我们的汗王特别喜欢下棋，他的棋艺非常高，至今没有遇到一个对手。前不久，汗王下令在街心建起这座高塔，邀请各地棋手来塔上和他赛棋。同时宣布：来和汗王赛棋的棋手，无论是什么样的人，赢了，立即继承汗王的王位；输了，则砍头。到昨天为止，几乎天天有棋手因为输了棋被砍去脑袋。"

姑娘的话刚完，只见一伙卫兵从塔里押出一个白发苍苍的老人来，宣布老人因下棋输给了汗王，要砍掉老人的头，随即一刀向老人的脖子砍去。孩子听了姑娘的话，又眼见老人无辜被杀，十分气愤，对姑娘说："你一个人回去吧，我找汗王下棋去！"

姑娘一听，吓得直哆嗦，忙拉住孩子，说："你疯啦？我们刚结婚过上幸福生活，汗王杀了你，我怎么办？"

孩子根本不听，大步走到卫兵跟前，要卫兵去报告汗王，说他要找汗王赛棋。卫兵见一个年轻人要同汗王赛棋，忙报告汗王。汗王说："想死的老鼠找猫玩，这个年轻人既然不想活了，就让他来吧！"

他们决定赛三局，赢两局的算胜利者。决定以后，开始比赛。第一局，汗王根本没有把孩子放在眼里，结果孩子赢了。第二局，他们整整下了五天五夜，结果汗王又输了。汗王知道自己不是孩子的对手，只得照自己公布的命令，把王位让给孩子。

孩子当汗王不久，富商回到了家。孩子召集全体臣民，公布了富商谋害自己的全部罪行,将他处死。随后,又派人回自己的家乡,找到正在四处乞讨的父亲。巴依见到自己的孩子十分惭愧地说:"当初我希望获得财产,让你出去做买卖,几次埋怨你把钱财白花在学习技艺上,看来一切财富还是来源于技艺啊!"

乌鲁克曼哈克木的智慧

　　乌鲁克曼哈克木是草原上学识渊博、阅历丰富、最聪明、最能干的人,草原上的牧民们都十分尊敬他,爱戴他。当时统治草原的汗王是一个妒贤嫉能、残暴凶狠的家伙。他知道草原上的人们都称颂乌鲁克曼哈克木的聪明才智很不高兴,总想着怎么把乌鲁克曼哈克木除掉。但是,乌鲁克曼哈克木在牧民中享有很高的声誉,汗王不敢明目张胆地下手害他。

　　一天,汗王终于想出一个法子。他把草原上的人们召集起来说:"你们都夸乌鲁克曼哈克木如何聪明智慧,如果他真的智慧,我把他关进戈壁滩的枯井里,不准任何人下去救他,看他的智慧怎么使他从井底走出来!"说完,他让卫士去把乌鲁克曼哈克木抓来丢进戈壁滩上一口深深的枯井里,井口盖上厚厚的石板,又用土把石板埋起来,再在土里种上庄稼,然后命令几个卫士日夜守卫在庄稼跟前,不准任何人接近。

　　牧民们见乌鲁克曼哈克木被埋进深井里，无不痛恨汗王的凶残。可是，汗王的命令谁也不敢违抗，只能暗暗为乌鲁克曼哈克木担忧。

　　日子一天一月地过去，也不知道过了多长时间，那个残暴的汗王老了，他的儿子继承了他的王位。一天，汗王吃鱼的时候，一根鱼刺卡住了他的喉咙。鱼刺卡在汗王的喉咙里，吞，吞不下去；吐，又吐不出来。汗王请了无数医生，谁也没有办法取出鱼刺。最后，汗王把草原上所有经验丰富的老人找来，问他们取鱼刺的办法。老人们对汗王说："取出鱼刺的办法，只有草原上最有智慧的乌鲁克曼哈克木知道。只是，他被老汗王关在深井里，不准任何人见他。陛下要见他的话，恐怕……"

　　汗王知道他父亲关乌鲁克曼哈克木的事，不敢违背老汗王的决定。可是，卡在他喉咙里的鱼刺，已经使他好几天没有吃一点东西了，他只得派大臣去问乌鲁克曼哈克木。大臣到井里见到乌鲁克曼哈克木，把汗王的情况告诉他，要他设法取出卡在汗王喉咙里的鱼刺。乌鲁克曼哈克木感到自己跳出这个陷阱的时机到了，向大臣问了问汗王一些别的情况，然后对大臣说："你不是说汗王有个心爱的独生子吗，他的血能治好汗王的病！你让汗王把他的独生子给我，让我把他的独生子宰掉，用孩子脖子里刚流出的热血做药，保证化掉卡在他喉咙里的鱼刺。"

　　大臣听了乌鲁克曼哈克木的话不敢做主，回去报告汗王。汗王哪肯让乌鲁克曼哈克木杀死自己最疼爱的独生儿子！可是，不让乌鲁克

曼哈克木宰孩子,眼看自己就要活活地饿死,心里十分难受。这时大臣们劝汗王:"牺牲一个不懂事的孩子,保全陛下宝贵的生命,这个办法是正确的。请想想,如今陛下正年轻力壮,只要能活下来,还怕以后不会有孩子吗?"

汗王听了大臣们的劝告,只得让大臣去叫乌鲁克曼哈克木来,把自己心爱的独生子交给他。这时,乌鲁克曼哈克木又对汗王说:"请陛下就坐在这顶毡房里不要离开,我到旁边毡房去宰您的孩子。用您孩子的热血做的药,只有趁热的时候吃才有作用。"说完,拉上孩子走进隔壁的毡房。

进到毡房以后,乌鲁克曼哈克木把孩子绑起来,然后偷偷抓进一只山羊来宰了。在绑孩子的时候,孩子狠命地哭着,那声音格外凄惨。汗王听到这凄惨的哭声,禁不住失声恸哭起来,随即昏了过去。人们见汗王昏倒了,忙七手八脚上去搀扶、呼唤。在人们一片慌乱中,汗王苏醒过来,同时剧烈地咳了一阵。他这一阵剧咳,把卡在喉咙里的鱼刺咳了出来。汗王见鱼刺咳出来了,又后悔不该让乌鲁克曼哈克木杀死自己的孩子。他见乌鲁克曼哈克木没有把药送来,认为乌鲁克曼哈克木有意欺骗他,十分生气,打算立即把乌鲁克曼哈克木关进枯井,永远不放他出来。正在汗王又悔又怒,准备派卫士去抓乌鲁克曼哈克木的时候,乌鲁克曼哈克木拉着汗王的独生儿子从容地走进了汗王的毡房。汗王见到自己心爱的独生子非常惊奇,早忘了刚才的愤怒,忙问乌鲁克曼哈克木是怎么回事。乌鲁克曼哈克木对汗王说:"陛下既然经受了刚才那样巨大的痛苦,就应该得到现在的欢乐。本来我就不准备杀您的独生儿子,但是只有用这样的办法,才能使您卡在喉咙里的鱼刺咳出来。"

汗王听了乌鲁克曼哈克木的话,十分佩服他,也悟到老汗王的残暴无理,当即下令恢复乌鲁克曼哈克木的自由,并对乌鲁克曼哈克木说:"我的父王无故使你遭受了这么长时间的苦难,你的智慧已经战胜了他的凶残,你应该获得自由,受到草原上人们的尊重!"

乌鲁克曼哈克木就这样用自己的智慧战胜了残暴狡诈的老汗王,救出了自己。

机智的孩子

一个狡猾的汗王,有四十头能听懂人话的毛驴。这个汗王常常派他手下的百姓用这些能听懂人话的毛驴上山去给他拉柴火,并对被派的人说:"如果你能在天黑以前将柴火顺利地拉回来,我给你五十只羊。但是如果误了我的事,就得赔偿一百只羊的损失,不然就杀你!"

结果好多善良的牧人倾家荡产,好多年轻的小伙子被砍了头。

本来一天的时间拉一趟柴火算不得一件难事,为什么会有这么多人倾家荡产,以至于送了命呢?原来这个狡猾的汗王在事前就给他的毛驴吩咐了:"如果叫你们去拉柴火,你们不要规规矩矩的。一个走,另一个就躺下。谁要不听我的话,就宰了谁!"

一天,这事传到远处一个替巴依牧羊的孤儿的耳朵里,他正想去找汗王,恰恰这时汗王附近的小伙子都已经被杀光了,开始向远处派人,派到了他头上来。他便牵着汗王的四十头调皮的毛驴上山去了。他砍好柴火驮上之后,准备赶着它们回去,谁知这些捣蛋的家伙,一个个都睡下了,怎么赶也赶不起来。扶起这个,那个躺下;扶起那个,这个又卧下来。牧羊的孤儿被它们搞得满头大汗,连一步也没能向前挪动。牧羊的孤儿只得停下来擦着汗水想别的办法。他想好了一个法子,看看天色尚早,便干脆扔下毛驴在树阴下睡了起来。直到太阳快下山,他才突然从地上翻身爬起来,一边还大声地哭喊着:"哎呀!救命呀!一大群狼吃我来了!救命呀!"

那一群懂话的毛驴,听说来了一大群狼,吓得急忙跟在他的后面往回跑。就这样,牧羊孤儿在天黑前将那一群懂人话的毛驴领到了汗王的阿吾勒。汗王从此再不能靠他那一群懂人话的毛驴任意勒索百姓了。

巴合提拜"比官"①

　　有个以打柴为生的老头儿,无依无靠,全部希望就是能够有一个孩子。一天,老头儿上山打柴,路过一个芨芨草滩时,在一个大大的芨芨草丛里,发现了一个小小的布包袱。老头儿打开布包袱一看,竟是一个白胖胖的婴儿。在荒无人烟的芨芨草滩上发现了婴儿,老头儿认定是上天特意赐给自己的幸福,高兴得柴也不打了,抱着婴儿就往家里跑。到家以后,他的老伴儿看见婴儿高兴得心都快从胸膛里跳了出来,立即把阿吾勒的乡亲们请来办了喜事,并且给孩子起了个象征幸福吉祥的名字:巴合提拜。

　　日子一天一月地过去,很快巴合提拜就五岁了。别看巴合提拜才

---

①比官:哈萨克族中的执法人员,原由群众选拔产生,因常为当权者出谋划策,参与军国大事,赢得统治者信任,手中握有很大权力,逐渐成为部落头目,变为世袭。

五岁，可是他比其他的孩子聪明懂事，其他孩子打架，他常给他们劝架；孩子们中间有什么争执，他也能公正地为他们排解。因为他经常替孩子们决断纠纷，而且裁判得公平合理，孩子们都说他是他们的"比官"。

在巴合提拜的部落里，有一个比官。一天，比官的儿子带着老婆从丈人家回来，路上碰见了一个长于变化的妖怪。妖怪见比官的儿子一个人带着漂亮的老婆上路，立即变成了和比官的儿子一模一样的小伙子来到年轻的媳妇跟前。媳妇见自己的丈夫，转眼间成了两个人，大吃一惊。她看看这个，像自己的丈夫；再看看另一个，也像自己的丈夫，简直分不清哪一个是她真正的丈夫。媳妇正在为难，两个小伙子一齐过来说自己是她的丈夫，骂另一个是该死的妖怪，最后甚至互相扭打起来。媳妇不知怎么办才好，只得催两个小伙子赶快跟她回家，想让比官来辨认一下两个小伙子，究竟谁是她的丈夫。

一到家，媳妇还没说话，两个小伙子同时从马上跳下来，走到比官跟前，一齐说："爸爸！我和老婆从丈人家回来时，路上碰见这个小伙子，硬说我的老婆是他的，还骂我是妖怪。您快给我做主吧！"

比官对眼前这两个一模一样的小伙子感到惊奇，他们不但相貌完全相同，说话的声音也没什么两样。比官看来看去，看了半天，也分不清究竟谁是自己的儿子。最后比官派人去把他的老婆叫来，想让他的老婆看看两个小伙子谁是她的儿子。比官的老婆左看右看，看了半天，也搞不清哪一个是自己的儿子。后来，比官的老婆忽然想起自己的儿子小时候曾经骑马摔伤了左腿，以后左腿上留下了一个伤疤。她让两

个小伙子脱去靴子,谁知两个小伙子的左腿上都有着一块同样大小的伤疤。比官一家没法了,只得带上两个小伙子和媳妇到别的部落去,想请更高明的人代他们辨认。

路上,两个小伙子一边赶路还一边争吵,吵得比官和他的老婆、媳妇头昏脑涨,差点没有急死。正在比官一家被两个小伙子吵得心烦意乱的时候,他们遇到一群在路边扔瓶子玩耍的孩子。孩子们见两个小伙子一路争吵过来,好奇地迎上去问:"你们吵什么呀? 有什么解决不了的事,告诉我们吧,我们帮你们解决!"

两个小伙子根本没有听见孩子们的问话,继续边走边吵。比官对孩子们一本正经的问话感到有些奇怪,尤其听孩子们说要帮助解决问题,更为诧异。但他很快又认定一群不懂事的孩子怎么能解决他们的问题,没有理他们。孩子们见两个小伙子没有答理他们,索性上去拉住小伙子问:"哥哥! 你们到底为什么争吵,不能告诉我们吗?我们的巴合提拜'比官'可能了,什么样的难题他都能解决哩! "

两个小伙子被拉住站了下来,但仍不停地互相咒骂,谁也不愿对孩子们说什么。比官再次听见孩子们的话,心倒有点动了,想找一找孩子们提到的那位比官。但他想了半天,怎么也想不起来有个叫巴合提拜的同行。于是,又认为孩子们的话不过是随口胡说,就一边驱赶孩子,一边催两个小伙子快赶路。孩子们见比官不但不搭理他们,还赶他们,十分生气,说:"这帮家伙是些什么人,这么不识好歹! 看样子他们很看不上我们的巴合提拜'比官'。我们不能就这样放他们走! "说着,追上去在比官一家要走的路前面打起石头仗来。

　　孩子们在路两边互相扔石头打仗玩,拳头大的石块在比官一家的面前乱飞,故意不让他们赶路。这时,比官只得叫住孩子们,答应把两个小伙子争吵的原因告诉他们的巴合提拜"比官"。孩子们听完比官的介绍,都望着年岁不大的巴合提拜等他判断。巴合提拜听了比官的话,顺手从身边一个孩子手里拿过一个瓶子来,然后对两个小伙子说:"这还不好解决吗! 你们都脱光衣服到前面那块大石头跟前去,听我的口令开始赛跑。先跑进我手头这个瓶子的,把媳妇儿带走。落在后面的,交给我们打死就行了。"说着,转身十分威严地给孩子们下命令,"你们排成两行站在路两边,看谁落后了就把谁抓起来! "

　　比官和他的老婆媳妇听了巴合提拜的话都愣住了。这算什么解决问题的办法呀,简直是孩子们的游戏! 可是,孩子们听了巴合提拜的话,一个个都十分认真地跑到了指定的地方,然后目不转睛地监视着两个小伙子。看样子谁要落后一步,他们真会一齐拥上去活活地砸死他。在这一群威风凛凛的小英雄面前,比官一家有什么办法呢,只好静候命运的安排了。这时,两个小伙子已经走到大石头跟前,比赛开始了。随着巴合提拜的一声口令,两个小伙子都拼命朝巴合提拜跑来。眨眼工夫,小伙子中的一个就跑到巴合提拜跟前,钻进了巴合提拜手中的瓶子。巴合提拜等那个小伙子钻进瓶子以后, 急忙盖紧瓶子,然后对正打落后的小伙子的孩子们下令道:"放开那个小伙子! "

　　孩子们听了巴合提拜的命令感到非常奇怪,齐声问他:"哎,巴合提拜,你这是怎么啦? 你一向都是说一不二,怎么这次反悔了? 你刚才不是说把落后的一个交给我们打死吗? "

　　巴合提拜这时已不像刚才下命令时那样严肃了，笑着对孩子们说："朋友们！你们抓住的那个哥哥，正是这个姐姐的丈夫。钻进瓶子里的这个家伙，才是我们应该设法打死的害人的妖怪。你们想想，一个真正的人，怎么能够钻进这么一个小小的瓶子呢！刚才我让他们比赛谁先跑进这个瓶子，正是为了辨别他们的真假，好抓住这个变成人的模样到处害人的妖精。"说完，与孩子们一起点上一堆篝火，把瓶子扔进火里，烧死了那个妖怪。

　　比官的儿子摆脱了妖怪的纠缠，与老婆重新得到团聚。比官一家非常感激巴合提拜。比官更是十分佩服巴合提拜的智慧和胆识，当即召集整个部落的群众，举办了盛大的喜宴。喜宴上，比官向大家介绍了巴合提拜智擒妖怪的事，推荐巴合提拜做部落里真正的比官。

赛都拉少爷的下场

很早很早以前,有个和神仙交了朋友的大巴依名叫色曼。色曼四类牲畜俱全,可是只有一个儿子,他给儿子取名赛都拉,从小对他娇生惯养。赛都拉长到十五岁的时候,巴依离开了人世。赛都拉既愚蠢贪婪,又懒惰任性,父亲死了,他更是为所欲为,不久就把父亲留下来的大量牲畜财产折腾了个精光。到赛都拉二十岁的时候,他甚至连一只可以挤奶的山羊也没有了。可是,他还是什么活儿也不想干,成天只想着骑马放鹰、吃腊肠、喝马奶。

一天,赛都拉正躺在草地上想着怎样重新过上以前那样的走马放鹰的生活,忽然想起他父亲的神仙朋友,高兴地说:"常言道父亲会死,见过父亲的人不一定死。我为啥不去找找父亲的那位神仙朋友呢?"说着翻身爬起来,把剩下的唯一的一顶毡房向乡亲们换了些吃的,上路找他父亲的神仙朋友去了。

　　赛都拉来到一座茂密的森林,森林里发出一阵沉重的山石碰撞的响声。听见这奇怪的响声,以为他父亲的神仙朋友可能在那里,急忙向密林深处走去。走进密林深处,没有找见他父亲的朋友,倒是发现一条巨龙。巨龙正把自己大得吓人的龙头往山崖上撞。赛都拉吓得连忙转身往密林外跑。可是,他还没有跑两步,巨龙已纵身蹿到他前面,张开大嘴像要一口将他吞下肚去,巨龙挡住了他的去路,问他:"你这个愚蠢的家伙,从什么地方来,要到哪儿去? "

　　赛都拉见巨龙张牙舞爪地望着他,像是在等他问答,怕得要命,只得把自己的情况告诉巨龙,求巨龙不要吃他。巨龙听后果然温和下来,说:"那样的话,我有一件事:我的头疼得要命,只有不停地往山崖上撞才稍稍好一点。你找到神仙以后替我问一下,什么样的药能治好我的头疼病。"

　　赛都拉一听,急忙答应替它问神仙,然后飞快地离开了密林,继续上路。不久,他又来到一座繁华的城市。见到城市,赛都拉又想起自己过去花天酒地的奢侈生活,不由得想到城里逛逛。他刚进城,忽然几个全副武装的士兵过来了,不由分说,抓上他就往一座雄伟的宫殿里带。原来这座城市是一个国家的都城。这个国家新继位的女王,拥有她父母留下的挤破仓库的金银珠宝,可是,她空有了这无尽的财宝,因为她连一样也用不上。每当她想用一个金币,她所有的金银珠宝会立即不知去向,只有在她打消要用这些财宝的念头时,它们才又出现在她的仓库里。女王非常惊奇,曾下令全体臣民为她查找事情的原因和解决的办法。可是,谁也不知道为什么,更不知道该怎么办。之后女王又下令：凡是路过的外乡人，一律抓来要他们答应到所去的地方为她打听这件怪事的原因和解决的办法，不然不准从她的国土上路过。赛都拉被抓到女王那儿，女王了解了他的情况后十分高兴，立即把财宝的事告诉他，然后对他说："你快上路吧。见到神仙一定代我问清这件怪事的原因和解决的办法！问回来我一定加倍酬谢你，留你在这儿美美地玩些日子。"说完，吩咐士兵将赛都拉护送出城，让他继续赶路。

不久，赛都拉又来到一个辽阔的草原。草原上除去大片大片被火烧焦了的黑土之外，不见一个人。赛都拉对这一片片烧焦的土地感到十分奇怪。这时，他的肚子有些饿了，想找一户人家要些吃的。他找了好久，最后在草原尽头的山脚下找到一顶破旧的毡房，毡房里住着一个穷苦的老汉和他的老伴。老汉问了赛都拉的情况，一面让老伴拿出两个馕来给赛都拉，一面对他说："哎，可怜的孩子，我可以给你一些吃的，同时也打算请你见到神仙以后，代我们问一件事。你不知道，刚才你路过的那片草原，原来是一片长满各种庄稼的肥沃的土地。可是，十几年前，不知为什么，每当庄稼成熟，人们正准备收割的时候，庄稼就无缘无故自己燃烧起来，一直把全部庄稼烧光，大火才会熄灭。所以草原上现在一个人也没有。我们老两口也因为没有能力远走，才留在这个山脚下的。你不是要去找神仙吗？找到神仙一定帮我们问问这是为什么，有什么法子使庄稼不被烧掉？"

赛都拉吃了些东西继续上路了。又走了几天，来到一个风景优美的峡谷，峡谷两边是长满古树的高山，中间是遍布花草的草滩；高山上雀鸟欢唱，草滩间蜂蝶飞舞，草滩中间还有一条弯弯曲曲的小溪，溪水

清澈见底,缓缓地流着,发出叮叮咚咚仙乐一般的响声。赛都拉走进峡谷深处,碰见一个白发童颜的老人。老人一见赛都拉,就喊着他的名字说:"啊,赛都拉,你终于来了,我知道总有一天你会来找我的。你的一切我都知道了,我可以满足你的要求,给你所需要的东西。你来的路上不是碰见一条巨龙、一个女王和一个穷苦老汉吗,他们想要问的问题,我也可以告诉你。草原上的庄稼自己起火,是因为浇灌庄稼的水源上堵着一块骆驼大的金子。只要把那块金子挖出来,庄稼就不会起火了。女王用不上她父王留下来的财产,是因为她父母结婚时没有举行婚礼。只要她出嫁的时候举行隆重的婚礼,她父王留下的一切财产她都能随意支配。至于巨龙的头疼,只需吃一个贪婪愚蠢者的脑浆,马上就会好。你回去把我的话告诉他们,不等你到家,你需要什么就可以得到什么了。"

赛都拉听老人答应满足自己的一切要求,高兴得连向老人告别都忘了,转身就往回走。不久,他见到了草原上那对穷苦的老夫妇。老夫妇忙把他迎进破房,问他是不是见到了神仙,他们提出的问题神仙怎么说的。赛都拉把老人说的庄稼起火的原因和解决的办法告诉了老夫妇。老汉一听非常高兴,立即对赛都拉说:"要真是那样。孩子,你就同我们一起到水源上去,帮我们把那块金子挖出来再走吧。"

赛都拉从来没有摸过坎土曼,一听说要他去挖金子,忙打断老汉的话,说:"不行,我得马上赶路,不能在这儿多耽误时间!再说我一天没有吃东西了,肚子饿得一点劲儿也没有,怎么能够再去挖什么金子呢?"

老汉一听不好勉强，只得说："那你先吃些东西准备上路吧！"说完，让老伴陪着赛都拉在家吃东西，自己扛上坎土曼出去了。

不一会儿，赛都拉刚吃饱喝足准备上路，老汉已兴冲冲地拖着骆驼一样大的一块金子回来了，高兴地喊着赛都拉说："哎，孩子，真像神仙说的那样，我挖出了骆驼大的一块金子。今后我们就有好收成了，这块金子你背去路上用吧，也算是我们对你的一点酬谢！"

赛都拉见到光灿灿的金子，着实眼馋，但一想到要背着这么重的东西上路，又害怕起来。于是对老汉说："神仙已经答应我需要什么就给我什么，现在一块金子对我来说还算得了什么。还是你们留着吧！"说完，扔下两位老人走开了。

几天以后，赛都拉来到女王那里，把神仙的话告诉了女王。女王急于用她父亲留下来的财产，便对他说："那样的话，我愿嫁给你，咱们俩就结婚吧，立即举行隆重的婚礼，同时宣布让你做国王，替我治理这个国家！"

赛都拉听说女王要嫁给他，同时还要他做他们的国王，高兴得眉毛胡须都抖动起来；可是一听到要他治理这个国家，又头疼起来了，忙对女王说："神仙已经答应我需要什么就给我什么，我何必同你结婚，替你当这个国王呢！你还是另找别人吧。"说完匆匆地离开了女王。

不久，赛都拉来到巨龙所在的密林。见到还在不停地用头撞着山崖的巨龙，就大声地对它说："哎，愚蠢的家伙！你的头疼治起来其实十分简单，神仙说：只要吃一个贪婪愚蠢的人的脑浆，马上就不疼了。看你竟笨得把本来就疼的头硬往山崖上撞，那不是自己往死神身边

27

跑吗？"

赛都拉说完，打算立即离开密林去享受神仙给他的洪福。这时，巨龙哈哈大笑起来，说："如果神仙说的话是真的，我看世界上再没有比你更贪婪愚蠢的人了，那就照神仙的指点，用你的脑浆来治我的头疼病吧！"说着，一头把赛都拉打翻在地，喝掉了他的脑浆。

好 妻 子

很早以前,有一个国王。国王有一个美丽聪明的公主。公主的才能智慧受到所有臣民的称赞,可是国王却认为一个姑娘能有什么了不起的见识和本领。

一天,国王在御花园里看见一只美丽的白天鹅。白天鹅几次在他头顶盘旋、鸣叫,像是在给他什么启示似的,可是他怎么也猜不透天鹅鸣叫是什么意思。白天鹅叫了几次以后,飞走了。这时有两个大臣来侍奉他,他立即把白天鹅的情况告诉两个大臣,最后说:"天鹅讲的是些什么,限你们三天给我圆满的回答,回答得好,我有赏;回答不出,我可要砍掉你们的头!"

两个大臣没想到国王竟给了他们这么一桩要命的差事,自己又没听见天鹅的叫声,怎么能知道它给的是什么启示呢!又是三天期限,答不出来,生命即将不保。两个大臣只得日夜守在御花园里,一面苦苦思

索白天鹅到底给的是什么启示,一面盼望着天鹅再来叫一次,好让他们也听一听。他们在御花园里整整呆了两天两夜,既没有见到那只天鹅,也没有想出天鹅到底给的启示是什么。

第三天清早,两个大臣实在想得累了,靠在一棵大树下打起盹来。蒙□中,他们仿佛看见国王的后宫飞出一只雪白的天鹅,天鹅一边向他们飞来,一边还不停地鸣叫。看见天鹅,两个大臣心中一喜,同时醒了过来。可是,当他们睁开眼睛时,天鹅不见了,却看到正唱着歌到御花园来散步的美丽的公主。公主见两个大臣大清早愁眉苦脸地出现在御花园里,估计到他们一定有什么事,问他们:"你们大清早来这里愁什么呀?"

两个大臣见公主问他们,就把国王的吩咐告诉了公主,求公主解救他们,说:"贤明的公主! 我们已经在这里整整等了两天两夜,也整整想了两天两夜,可是什么也没有等到,什么也没有想出来。今天是最后一天了,今天一过我们就要被您父亲处死。贤明的公主! 您的聪明才智是人人都知道的,告诉我们那只天鹅给的是什么启示。"

公主听了大臣的话,十分同情他们,想了想,说:"我倒是可以把天鹅鸣叫的意思告诉你们,只是你们可不能对父王说是我告诉的。你们是了解父王的,他如果知道是我告诉的……"

两个大臣听说可以把天鹅的启示告诉他们,高兴得连连说:"这请公主放心! 我们……反正请公主放心! "

公主见他们那着急的样子,笑了笑,说:"其实我爸爸知道了也没有什么,不过最好少些麻烦……"

两个大臣忙说："是呀！是呀！就请公主快把白天鹅的启示告诉我们吧！一会儿国王陛下可能会到这儿来散步，让陛下发现了……"

公主说："好吧！白天鹅几次的鸣叫，说的都是一个意思，贤明的妻子能使愚蠢的男人成为国王，懒散的老婆会让勤奋的丈夫变成懒汉。"

两个大臣记下了公主的话，再一次谢过公主，然后去见国王："尊贵的陛下！白天鹅的启示我们想出来了。"

国王听说他们想出了白天鹅的启示，非常高兴，忙问他们："啊，那你们快说说它给我的启示是什么？"

大臣说："尊贵的陛下！白天鹅的启示是：贤明的妻子能使愚蠢的男人成为国王，懒散的老婆会让勤奋的丈夫变成懒汉。"

国王听了大臣的回答，大笑了一阵："你们这两个无知的笨蛋，真该砍掉你们的头！你们身为大臣，难道连'骡马上不了阵'这么一个简单的道理也不懂吗？你们刚才的那些胡言乱语是谁告诉你们的，竟敢拿来冒充天鹅的启示？快把说那些错话的人招出来，不然我马上处死你们！"

两个大臣这时才想起公主告诉他们的启示，与国王一贯的看法正相反，吓得浑身哆嗦。对国王说实话吧，又给公主作过保证；可是不说，国王又不会轻饶他们。最后，他们估计国王不可能对自己唯一的女儿怎么样，决定把实情告诉国王，便战战兢兢地对国王说："尊贵的陛下，请不要生气！我们确实没想出天鹅的启示。刚才说的那些话，是，是您心爱的公主告诉我们的！"

谁知国王听了大臣的话，大为恼怒，马上命令卫士去把公主抓来

31

与大臣对质。两个大臣见了公主又愧又怕，一句话也不敢说。公主见到两个大臣那副狼狈样子，觉得既可笑又可怜，对国王说："尊敬的父王陛下！他们说的都是实话。'贤明的妻子能使愚蠢的男人成为国王，懒散的老婆会让勤奋的丈夫变成懒汉。'这是千百万群众从生活中得出的真理……"

国王听了女儿的回答，更是怒不可遏，粗暴地喝断公主的话，吼道："什么生活中得来的真理，纯粹是一派胡说！'骟马不能上阵'，女人怎么能决定男人的命运，既然你相信你的胡话是真正的真理，那我就要你把一个笨蛋变成个国王给我看看！"随即吩咐手下把公主赶到一个最偏僻的海子边去，嫁给一个最笨拙的小伙子，同时命令不准给公主任何嫁妆。除去公主身上穿的那件白衣服外，甚至多余的一条裙子也不准公主带走。

公主嫁到海子边以后，见自己的丈夫虽说傻呵呵的，身体倒十分健壮，长得也很端正，只是因为小伙子从小失去父母，一直生活在这个偏僻的地方，很少见什么世面，在人前显得十分傻气。不过，正因为这样，公主感到小伙子待她到比一般人更好。因此，她不仅不觉得自己遭到了什么不幸，反而比一般妻子更加关怀丈夫。她见小伙子由于过分憨实，受人欺负，吃没得吃，穿没得穿，晚上连个睡觉的窝棚都没有，就先同小伙子到附近山上找了些树枝、树皮，盖了间简陋的草棚，随后又到附近的草原上捡了些羊皮、碎毡，给小伙子做了件衣服。有了衣服、草棚，公主又教小伙子抓鱼、打猎，用捕获的鱼、野兽维持生活。以后，公主又用捡来的羊毛捻成线，织成毛袋、毛衣，让小伙子到附近的人家去换取粮食。就这样，几年以后，小伙子不仅有了衣食住房，还学会了不少生活技能。

一天，公主用各色羊毛织出一条非常好看的头巾，对小伙子说："你从没进过城，带上这条头巾到城里去看看吧！见到什么东西对你有用，就用它换些对你有用的东西回来。"

小伙子拿上头巾进城去了。他在城里转了半天，见到许多他从未见过的东西，但他不知道这些东西对自己有什么用处，一样也没有换。最后，他来到这个城里最大的一家商店门前，见商店门口拴着一匹备好鞍子的骏马，觉得这匹马怪有意思，便从怀里取出头巾来逗着马玩。这时，商店的老板见小伙子举着一条漂亮的头巾在店门前吆喝，以为他在叫卖，过去问道："哎，小伙子！你这头巾卖多少钱？"

小伙子从来没有做过买卖，不懂那个富商说的是什么意思，只是傻呵呵地望着他。富商见小伙子那傻呵呵的样子，再一次问他："小伙子！问你这头巾要多少钱？"

小伙子虽然还是不懂富商说的钱是什么东西，但却懂得了富商是想换他的头巾，说："我老婆让我换有用的东西。"

富商一听，笑了起来，顿时产生了邪念，心想，从织得这么好的头巾来看，他老婆一定是个心灵手巧的美人儿。他见小伙子两只眼睛一直盯着那匹骏马，就对小伙子说："那就把这匹马换去吧，它对你一定有用！"

小伙子把头巾交给富商，牵着骏马离开了商店，富商接过头巾，偷偷跟在小伙子后面，想先见一见他的老婆。小伙子在回家的路上，碰见

一个知道他傻劲儿的巴依。巴依听说小伙子用头巾去换有用的东西，结果换来一匹骏马，心想这个傻瓜怎么今天交了好运！于是巴依牵过一只山羊来对小伙子说："哎，小伙子！你老婆让你换有用的东西，你换一匹马有什么用呀？给你这只山羊吧，它够你们吃好几天呢？"

小伙子从未骑过马，也没有吃过马肉，觉得他说的有道理，就用骏马换了他的山羊。过了一会儿，小伙子又碰上一个曾经捉弄过他的巴依。巴依正打猎回来，听了小伙子换东西的事，对小伙子说："哎，小伙子！你换山羊干什么呀？它哪能比得上野鸭子的味道，换给你一只野鸭子吧！"

公主曾教小伙子打过野鸭子，他知道野鸭子的味道不错，又用山羊换了巴依的一只野鸭子。又过了一会儿，小伙子见一个卖磨刀石的商人，在路边敲着磨刀石招徕顾客。小伙子觉得这个商人的样子十分可笑，过去观看。商人见小伙子走过来，立即把一块磨刀石递到小伙子面前，向小伙子吹嘘他的磨刀石如何如何好用。小伙子对商人的言行只觉得可笑，没有说话。商人见小伙子只望着他憨笑，忙说："没有钱？没关系，就换你这只野鸭子吧！你带上磨刀石保你能打一大群野鸭子！"说着，一手把磨刀石塞给小伙子，一手把小伙子手上的野鸭子夺了过去。

小伙子糊里糊涂地用野鸭子换了磨刀石，又往前走。当他走到一个水塘边的时候，发现水塘中间正游着一群野鸭子。这时，他忽然想到应该给公主打几只野鸭子回去，于是顺手把磨刀石向野鸭子扔过去。野鸭子被吓得飞走了，磨刀石也沉到水塘里去了，小伙子什么也没得到。这时,一路悄悄跟着小伙子的那个富商实在忍不住了,过来对小伙子说:"哎,小伙子!我看你真算得上天下第一号笨蛋!你老婆让你拿头巾到城里来换有用的东西,现在你换到了什么呢?"

小伙子听了富商的话,不但毫不在意,反倒望着他着急的样子乐呵呵地憨笑。富商见小伙子这副傻劲儿更是急了,说:"你还傻笑呢!我问你,你如今空着两手,回去后难道你老婆不骂你吗?"

小伙子听了富商的话,感到很奇怪,反问富商:"我老婆为什么要骂我?"

富商问:"你拿来的那条头巾是你老婆织的吧?"

小伙子点了点头。

富商又问:"那就对了。你老婆辛辛苦苦织了一条头巾,让你带到城里来换有用的东西,结果什么也没有换到,你老婆能不骂你吗?"

小伙子听了富商的话认真地说:"不!她不会骂我的!"

富商一点也不相信小伙子说的话,认为天底下哪有这样的事!这个小伙子看来不只是一般的迟钝,简直就是一个白痴!同时,他又暗自庆幸,遇到这样一个白痴,他的老婆一定能够顺利地弄过来。想到这儿,富商忙对小伙子说:"真是那样?你敢不敢同我打赌,如果你老婆不骂你,我把我的商店和我全部财产送给你,如果她骂了你,你就把她送给我!"

小伙子异常干脆地同意与富商打赌。富商见没怎么费力就使小伙子上了钩,十分得意。因为怕小伙子将来反悔不好说话,他又同小伙子一起回到城里,找了几个有声望的人作证,并立下一张有三方面人署

名的字据。出完字据,他们还约定小伙子到家以后,不准向老婆提起打赌的事,富商和证人也只在外面偷听。等小伙子把换东西的情况向他老婆讲了以后,看他老婆有什么反应,然后由证人出面裁决他们的输赢。一切办好以后,富商和几个证人跟着小伙子到他家去了。

到家以后,公主关切地问小伙子这一天过得怎么样,都见到些什么,有没有受到坏人的欺侮等,根本未提换东西的事。当小伙子把自己用头巾换骏马,用骏马换山羊,又用山羊换野鸭子,用野鸭子换磨刀石,以及最后用磨刀石打野鸭子,把磨刀石扔到水塘里的经过告诉公主时,公主一面高兴地听他叙述,一面还不停地笑着点头插话,夸小伙子这一天收获不小。尤其当小伙子讲到他想用磨刀石为公主打几只野鸭子,结果野鸭子没有打着,磨刀石也沉到水塘里时,公主简直激动得热泪盈眶,不但夸他,还把他紧紧地抱着亲了又亲,看了又看,就像她唯一的亲人死了多年,今天突然复活了一样。看见公主对小伙子这些异常的言行,富商和几个证人惊得呆了,以为他们今天不光遇到了一个傻子,还遇到了一个疯子。富商见自己是输定了,要求证人在宣布他们打赌的事以前,先问问小伙子的老婆为什么这样对待小伙子的愚蠢行为。他想,如果证实小伙子的老婆真是一个疯子,就可以要求撤销打赌。这样,他虽然在这样一个美丽的女人身上枉费了心机,但却可以保住自己的商店和财产。

富商和几个证人进到小伙子的毡房,问公主:"你的丈夫干了那么多蠢事,为什么你不但不骂他,还夸他收获不小,他的收获在哪里呀?"

公主笑了笑,说:"我丈夫眼下最需要的是对贪婪、奸诈等丑恶行为的认识。他用一条头巾,见识了这么多的人和事,难道收获不是很大吗?他用一块磨刀的石头,换得了体贴妻子的感情,这难道不是巨大的收获吗?他在仅仅一天的时间里得到这么多、这么大的收获,我高兴还来不及呢,怎么会骂他!"

富商无话可说了,但他还想最后争辩一下,不等证人宣布对他的裁决,就把打赌的事说出来,然后问公主:"你丈夫把你当作赌注,像这样愚蠢透顶的事,难道也能算作对妻子的体贴吗?"

富商本来打算激起公主的愤怒,只要公主流露出对小伙子一点埋怨的情绪,他就可以抓住它设法扭转败局。谁知公主听了富商的话反倒更加兴奋,说:"啊!还有这样的事?那我更该好好庆贺一番了。真没想到他不仅这样了解他的妻子、坚信他的妻子,而且变得那样聪明、干练,竟斗过了你这样老于算计的富商!你们几个今天可不能走了,照我们的习俗,遇到喜事是要请客的。你们就算是我们家的第一批客人吧!"说完。真的转身张罗起来,就像要办什么大喜宴一样。

富商再也想不出别的办法了,只得垂头丧气地等着证人的宣判。证人面对公主的见识和智慧,不敢不秉公裁决,只得把富商的商店和全部财产判给小伙子,并向他们夫妇表示祝贺,然后扶着富商狼狈地回去了。

公主和小伙子赢得了富商的商店和财产,搬到了城里。进城以后,公主一面教小伙子经营各种买卖,一面仍教小伙子学习骑马射箭、打猎、捕鱼。随着日子一天一天过去,他们的生活一天比一天富裕,小伙子也一天比一天变得聪明、能干起来。他不仅学会了买卖上的各种应

酬,骑马、射箭尤为熟练。

一天,公主听说国王因为年老无子,心情一直不好,最近要到这一带来打猎散心。于是,公主对小伙子说:"国王最喜欢金毛猎物。他来打猎的时候,你设法把一只金毛猎物赶到他看得见打不着的地方,然后把金毛猎物抓住。国王见你得到了他想要的猎物,会用别的猎物与你交换的。只要他提出来,你就把猎物送给他,同时告诉他'听说猎到金毛猎物的人能获得儿子'。给他猎物的时候,要表现出大方而又有礼貌的样子,不过,不要收他任何东西。"

小伙子照公主的吩咐,找来一只金毛猞猁,将它赶到国王要去的猎场。国王来后,他把金毛猞猁赶出来,让它从国王面前逃过去。国王见一只金毛猞猁从自己面前闪过,高兴得忙策马追赶。金毛猞猁经过小伙子事前训练,见国王赶来,径直向一个山崖跑去。国王见猞猁跑到崖边,不敢再追,忙张弓搭箭想射猞猁。可是他一连几箭,都没有射中猞猁。猞猁却像故意逗国王一样,在崖边时隐时现,惹国王着急。正在国王着急的时候,小伙子从旁边一箭把猞猁射翻在地。国王见自己最喜欢的金毛猞猁被一个年轻的小伙子一箭射翻,非常佩服小伙子的箭术,但又惋惜自己失去了心爱的猎物。最后,他决定用自己全部猎物与小伙子交换金毛猞猁。小伙子把金毛猞猁给国王,说:"尊敬的国王陛下,您要是喜欢,就送给您吧!听说,'猎到金毛猞猁的人将获得儿子',祝陛下早一天获得王子!"

小伙子这几句话正对国王的心思,国王听了心里像开了花,忙对小伙子说:"孩子,那就谢谢你了!你的家在什么地方?家里都有些什么人？"

小伙子说："我的家就在前面那个城里。家中除了我的妻子之外，再没有别的人了。"

国王说："那样的话，明天你到我的行宫来做客，我要好好谢谢你！"

小伙子答应了国王，回去把国王的邀请告诉公主。公主听后对他说："明天你带上更加珍贵的礼物去做客，不过照样不要接他给你的任何东西，只想法请国王、王后和他的大臣们来我们家做客。"

第二天，小伙子带上公主特意为他准备的国王心爱的各种奇珍异物，来到国王的行宫。国王见小伙子送来许多礼物，而且都是他平时最心爱的，更是高兴，也取出大量金银珠宝送给小伙子。小伙子谢绝了国王的礼物，说："尊敬的陛下！我是一个失去了父母的孤儿，在这个世界除了妻子之外，再没有别的亲人。如果陛下能同王后、大臣明天到我家去做客，那会比送我十倍于现在的礼物更使我感到满意！"

国王觉得小伙子很会说话，更加喜欢小伙子，当即答应明天到小伙子家做客。小伙子回去把国王答应来家做客的事告诉了公主，公主说："国王来后会问你送给他金毛猎物时说的话和你送去的那些礼物，你可以照实告诉他。最后，他还会提出来要见我，那时你对他说'骠马不能上阵'。除非把他的王冠和宝座给你做见面礼，不然你绝不让我见任何人。"

第二天一早，国王和大臣们一齐到小伙子家来了。公主给国王做了各种各样精美可口的食物，国王觉得这些食物不仅像自己王宫的御膳，而且非常合自己的口味，心中好生奇怪。联想到两天来小伙子的言

谈举止,禁不住产生疑问:我从来没有见过这个小伙子,甚至很少到这个城市来,他怎么对我的一切这么熟悉,连我的心思也这么清楚?他有什么魔法,或是得到什么圣人的启示?于是,问小伙子:"哎,孩子!你这些饭食都是谁做的?"

小伙子说:"是我妻子做的。"

国王又问:"你昨天带给我的那些礼物,是你自己选定的吗?"

小伙子说:"不!那也是我妻子准备的。"

国王再问:"前天你给我金毛猎物时说的那些话,也是你妻子教的吗?"

小伙子说:"对!"

国王一听,就断定小伙子的妻子一定是位了不起的先知,忙向小伙子提出希望见他的妻子。小伙子见国王果真提出来要见自己的妻子,忙装出为难的样子,对国王说:"尊敬的陛下,请原谅!听说从前有个国王曾经说过,'骡马不能上阵'。因此,我从没有让我的妻子见过任何外人。如果陛下想见我的妻子的话,我有一个条件,那就是除非陛下答应把你的王冠、宝座作为见面礼给我,不然我是无论如何也不能让她在陛下面前现丑的!"

由于国王想见小伙子的妻子心切,再加上他已经有了收小伙子为义子的心意,就答应了小伙子的要求。小伙子把国王的话告诉公主,公主当即穿上她被赶出宫时穿的那身洁白的衣服,戴上面纱向国王走去。国王见公主迈着轻盈的步子从远处走来,像一只美丽的白天鹅从天上下来一样,当即想起几年前在御花园见到白天鹅的情景,心里一动,忙对公主说:"我知道您是一位了不起的先知,请揭开您的面纱,让我瞻仰一下您的容颜,同时希望您能够给我启示!"

公主说:"尊敬的国王陛下!您把王冠、宝座给我丈夫作为见面礼,使我感到非常荣幸。请陛下召集臣民当众宣布您的决定,我立即揭开面纱给陛下启示。"

国王传令召集全体臣民,宣布了自己的决定。公主在国王宣布了决定之后,当众揭开了自己的面纱。臣民们再次见到被国王赶出王宫、嫁给最愚蠢的小伙子的公主,顿时欢呼起来。国王没有想到小伙子的妻子竟是自己的女儿,又惊又喜,想起当年赶走女儿时的情景,觉得女儿果真给了自己启示,忙迎上去抱着女儿说:"孩子! 你真是世间一位了不起的先知。你的聪明、才智甚至比真正的先知还要了不起。你的行动给了我很好的启示,我不再忧虑自己老年无子了!"说完兴奋地同公主、小伙子回到都城,把王位让给了他们。据说"贤明的妻子能使愚蠢的男人成为国王,懒散的老婆会使勤奋的丈夫变成懒汉"这句谚语就是这样来的。

孤儿与国王

  很早很早以前,米尔山下住着一个富裕的国王。国王的金银珠宝挤破了所有的仓库,可是,他还千方百计想霸占百姓的财产。由于国王一天到晚光想着如何压榨人民的血汗,从来不想为百姓做一件好事,所以百姓都把他叫做"无一好有万恶的国王"。

  在这个国王的统治下,有个名叫吉克依的孤儿。他唯一的财产就是一颗善良的心和一双勤劳的手。他就靠自己的这一颗善良的心和一双勤劳的双手,每天上山帮阿吾勒的人们打柴维持生活。

  一天,吉克依和往常一样,东方刚刚发白就拎着斧头,扛上装柴的羊毛口袋上山去了。路上,他忽然听见前面树林里传出一声惨叫。这叫声是那样凄厉,使整天一个人在密林里打柴的吉克依都不由得浑身一颤,连头发也竖了起来。吉克依不知道这凄惨的叫声是谁发出来的,正在纳闷,比刚才更加凄惨的叫声又传了过来。吉克依听清楚了,是一只鸟儿在前面树林里哀鸣。听见这揪心的哀鸣，谁也忍不住会产生怜悯之心。吉克依连柴也顾不得打了，忙向树林子跑去，想找到那只可怜的鸟儿，看看是什么原因使它在大清早发出这样凄惨的叫声。他刚跑进树林，就看见一条又粗又长的蟒蛇，缠在一棵高大的树上，蟒蛇的头昂得高高的对着树梢，嘴里血红的信子不停地闪动着，还不时发出吓人的咝咝声。看见这条得意的蟒蛇，吉克依全明白了。这时，他忘了自己有被蟒蛇吞掉的危险，顺手抱起身旁的一块石头向蟒蛇砸了过去。本来吉克依是想砸蛇头的，可是，一来蛇头翘得太高，二来抱的石头太大，结果一石头没有砸中蛇头，却砸在蛇腰上了。蟒蛇正得意洋洋地戏弄着头顶上那只可怜的小鸟，冷不防腰上挨了重重一石头，疼得"唰"地滑下树来。一滑下树，它立即扭头向四周寻找袭击自己的敌人。当它发现离自己不远的吉克依时，它的高兴压倒了刚才的恼怒。可不是吗，眼前这个小伙子，虽说瘦骨嶙峋像一把干柴，但比起一只鸟儿来，那肉可就多得多了！说时迟，那时快，蟒蛇身子一扭，"嗖"地向吉克依射了过去。这时，吉克依知道危险已经降临到自己头上，忙纵身跳上旁边一棵大树。蟒蛇见吉克依上了树，嘴里发出比刚才更加吓人的咝咝声，也跟着爬上树去。吉克依见蟒蛇也爬上树来，忙抽出斧头，等它快接近时，对准它的头猛地一斧劈了下去。蟒蛇在距吉克依不到一膀子的地方，正打算张嘴把吉克依吸进肚里，突然眼前一亮，还来不及搞清是什么东西，头已经被吉克依劈成两半了。

吉克依杀死了蟒蛇，跳下树来准备继续上路。这时，空中突然传来清脆的喊声："哎，小伙子，请您等一等！"

　　吉克依觉得这声音来得奇怪，忙抬头四处张望。望了半天，没看见半个人影。他怀疑自己是不是听错了，这荒山野林里，大清早哪来什么人。正在他拎上斧头准备走的时候，一只美丽的鸟儿落到他的面前，"哎，好心的小伙子，请您等一等！您救了我唯一的孩子……"

　　吉克依听见鸟儿说话非常惊奇，尤其听它说自己救了它的孩子更感到诧异："我救了您的孩子？"

　　鸟儿见吉克依惊奇的样子笑了笑说："对，好心的小伙子，是您救了我的孩子！您刚才杀死的那条大蟒蛇，几年来吃了我五个孩子。今天要不是您，我可怜的第六个孩子又会被它吃掉。"

　　吉克依听了鸟儿的话明白过来。当他准备问鸟儿有什么事时，鸟儿又说话了："好心的小伙子！您杀了大蟒蛇，救了我唯一的孩子，也为周围的群众办了一件大好事。为了感谢您，我也想为您做一件好事。"说着，从身上叼下一根洁白的羽毛给吉克依，"我和您不是同类，没有你们人类需要的东西，就送您这件礼物吧！每天太阳出来以前，您带上它到这棵树下来连喊三声'我的鸟儿，我来了'，它会给您足够的金币。有了金币，您可以去换取您需要的东西。"

　　吉克依对鸟儿的话半信半疑，但他不好意思回绝鸟儿的一番诚意，收下了羽毛。鸟儿见吉克依的神情，猜到了他的心思，不过没有说出来，只对他说："好吧，好心的小伙子！您该去打柴，我也该去喂我的孩子了，咱们再见吧！记住，您来这儿，一定要在太阳出来以前，千万不要晚了！"说完向吉克依点了点头，一展翅膀飞了。

　　鸟儿飞走以后，吉克依和往常一样，打完柴就回阿吾勒了。这天，吉克依把打的柴全部给了阿吾勒一个孤老太婆。老太婆正愁没有柴烧，十分感谢吉克依，把自己的食物分一半给吉克依，并留他住在自己的破毡房里。晚上，老太婆和吉克依都因为只吃了一个半饱早早地就睡了。但是，因为没有吃饱，再加上草原上的寒风在破毡房里乱窜，吉克依又冻又饿，怎么也睡不着。半夜，吉克依忽然想起早上鸟儿送给他的那片羽毛，心想：要是真像鸟儿说的那样，可以得到一些金币，用它去换些衣服、粮食，让像我一样的穷人都不再挨冻受饿那该多好！想到这儿，他决定第二天早点起来去试试。

第二天，东方还没有发白，吉克依就拎着斧头，扛上羊毛口袋到树林去了，到了树林，他找到昨天那棵大树，取出羽毛，对着羽毛连喊了三声："我的鸟儿，我来了！"

说也奇怪，吉克依的喊声刚落，只听见树顶上传来一阵鸟儿扑打翅膀的声音，接着就从树上叮叮当当掉下来一大堆光灿灿的金币。

吉克依见真的出现了金币非常高兴，忙放下装柴火的羊毛口袋，小心地把金币捡进袋里。落下的金币，不多不少刚刚装满吉克依的羊毛口袋。吉克依扛上一口袋金币，也不去打柴了，回到阿吾勒把金币分给穷苦的乡亲们，让他们去换自己需要的东西。乡亲们分得了金币，换回来急需的衣被、粮食，一个个欢天喜地，齐声夸赞吉克依又为穷乡亲们办了一件大好事。从此，吉克依每天上山打柴，同时捎回来一口袋金币，分给附近穷苦的乡亲。穷苦的乡亲们不再挨冻受饿了，吉克依的生活也一天天好起来。不仅不愁吃穿，还娶了个美丽贤淑的妻子，有了一个幸福的家庭。

　　日子一天一月地过去了,不久,吉克依每天拿一口袋金币周济穷人的消息,传遍了整个草原,同时也传到了"无一好有万恶的国王"的耳朵里。国王听说以后暗暗惊奇:一个连一片铺地的破毡片都没有的孤儿,哪来那么多金币?如果真是那样,他不是比我这个国王还富裕一千倍吗?国王决定带上几个卫士装成异乡的流浪汉去找吉克依,看看这个每天拿出来一口袋金币送给穷人的富翁。

　　国王走了几天,来到吉克依所在的草原。这个地方原来是一片荒芜的草滩,如今新建起来一座宽大的庭院。庭院里流着从远处山上引来的清泉水,泉水灌溉着满院的果树花草。花草间蜂飞蝶舞,鸟语莺啼,竟比国王的御花园还要迷人。庭院的中间是几间精致小巧的房屋,它们虽不像国王的宫殿那样宏伟、壮丽,但却比王宫更显得富丽、别致。国王和他的卫士来的时候,庭院内外已挤满了各地赶来的穷苦百姓。百姓们正三五成群地夸赞吉克依,埋怨着国王、官吏和巴依们。

　　不一会儿,吉克依和他的妻子一个背着柴火,一个扛着金币来了。他们一来,立即把一口袋金币散发给在场的穷苦百姓。国王亲眼看见吉克依分发金币,又见到吉克依美丽的妻子,恨不得马上把他的全部财产和妻子都夺过来。可是,自己只带了几个卫士,在场的穷百姓又都一心向着吉克依,来硬的肯定不行,只得满怀怒火回宫去了。

　　回宫以后,国王把他的心腹大臣找来,要他设法为自己夺取吉克依的财产和妻子。大臣听了国王的吩咐,也觉得吉克依如今很受穷百姓们的拥护,硬抢会激起百姓们的反抗。但怎样才能既不激怒百姓,又能满足国王的欲望呢?最后,大臣费尽心机终于想出了办法对国王说:

"陛下派人先偷偷把一口袋国库的金币埋在吉克依的院子里，然后召集全体臣民来，就说最近发现一个秘密金库被盗，您打算派卫士到各地搜查，要臣民们发现匪盗马上来报。这样，陛下就可以把吉克依抓来治罪，百姓们也不敢为他说话，他的全部财产和他的老婆就可以随您任意处置了。"

国王听后连声称赞大臣的办法妙，当即命大臣立即去办这件事。大臣当晚就派自己一个能干的管家，扛一口袋金币到吉克依那儿，乘人们都睡下以后，偷偷把金币埋在吉克依的院子里。管家回来以后，国王立即召集全体臣民，煞有介事地对大家说："我忠实的臣民们，今天我要向你们宣布一个叫人十分气愤的消息：我们的一个秘密金库被盗了！"

人们听说金库，还是秘密金库被盗，都感到十分惊奇，不知道是怎么回事，一个个怀疑地望着国王。国王见大家惊奇地望着自己，接着说："事情是这样的。父王在世时，曾经把大量的金币埋藏在一个秘密的金库里，准备灾荒年月救灾用。那个秘密金库，除去父王之外，只有我知道。父王去世以后，我们这儿一直风调雨顺，我也一直没有去开过那个金库。今年，我们遭到多年不见的大旱，我想起父王留下的金库，准备把那里面的金币取出来救济大家，谁知昨天我一去，发现金库被盗了……"

人们听了国王的话，纷纷议论起来。但很多人不相信国王的话，认为国王不知道又想要什么花招来勒索他们。国王的心腹大臣见大家议论纷纷，怕大家识破了他的诡计，忙请国王接着宣布，国王让大家安静

下来，然后接着说："我忠实的臣民们！在我的国家发生了这样的事情，确实叫人气愤。我估计那么多的金币，外地的强盗是不可能运走的，一定是附近的盗贼。对这样没心肝的坏蛋，我一定要严加惩罚。现在我就命令我的心腹大臣带上卫队到各处搜查，一定要抓住那些该死的家伙！希望大家发现什么可疑的线索马上向大臣报告，使那些该死的强盗早日就擒，大家早一天得到救济的金币！"

臣民们听了国王的宣布，只当他又是借故搜刮人们的血汗了，准备回去应付卫队的搜查。国王宣布完后，大臣带着卫队先装模作样地搜了几个平时反对他的人家，抢了一些财物，随即直奔吉克依的家。在吉克依的院子里，大臣命令卫士们里里外外搜了好几遍，除去管家埋的那一口袋金币之外，一个金币也没有搜到。不过，大臣一口咬定既然在吉克依的院子里搜出了一口袋金币，吉克依就是偷秘密金库的盗贼，把吉克依和他的妻子抓到国王那儿去了。

国王得知把吉克依和他的妻子抓来了，非常高兴，但一听说在吉克依的家里没有搜到金币，又十分奇怪。心想：如果吉克依家里一个金币也没有，他怎么可能每天拿出一口袋金币分给那些穷鬼？这里说不定真有什么自己不知道的秘密金库。想到这里，国王下令把吉克依带来审问。他喝问道："该死的吉克依！你知道盗窃金库该当何罪吗？"

吉克依说："尊敬的国王陛下！我虽说是个穷苦的孤儿，但从来不要别人的东西。大臣在我院里找出的那些金币，我实在不知道是怎么来的。"

国王一听，怒吼道："胡说！那些金币难道是别人埋在你院子里的吗？你既然是个穷苦的孤儿，哪来那么多金币每天分给别人？这不明明是你盗金库的罪证吗？还不快把窝藏金币的地方讲出来！"

吉克依不知道国王的诡计，听到国王的怒吼，反倒平静下来："尊敬的陛下，我确实不知道那一口袋金币是哪儿来的。至于我每天送给乡亲们的金币，那是……"

国王见吉克依停了下来，忙追问道："那是什么？快说。"

吉克依想了想，取出怀里那片洁白的羽毛，把鸟儿的故事告诉了国王，最后说："陛下如果不信，可以亲自到树林里去试试。"

国王知道了吉克依的秘密非常高兴，但他却板着脸对吉克依喝道："胡说！哪有这样的事！不过，为了不冤枉我手下任何一个善良的臣民，我可以派我的卫士去试试。如果你敢骗我，我就杀了你。"

第二天，国王和他的心腹大臣带上羽毛到吉克依说的树林去。他们到树林，找到那棵大树，忙照吉克依说的那样，取出羽毛来一连喊了三声："我的鸟儿，我来了！"

国王的喊声刚落，就听见一阵鸟儿扑打翅膀的声音，接着从天空落下来一大堆金币。国王见真的从天空落下了金币。高兴得跳了起来。不过，他嫌这一堆金币太少，想让鸟儿再给他一些，又对着羽毛连声高叫起来："我的鸟儿，我来了！我的鸟儿，我来了！……"

国王喊了三声，金币真的又落了下来，而且随着国王不停地喊叫。金币也不停地下落。不一会儿，国王的周围就堆起来一圈高高的金墙。可是，国王还不满足，还在一个劲儿拼命地高喊："我的鸟儿……"

随着喊声，国王周围的金币墙很快又变成了一圈金币山。

哈萨克族民间故事精选

这时，太阳早已从东方升了起来，被金币山挡住了眼睛的国王，看不见东升的太阳，还在哑着嗓子叫喊："我的鸟儿，我的鸟儿……"

鸟儿见太阳早已出来，金币也堆成了山，可是国王还在拼命地喊叫非常生气，心想：这个贪心的家伙，看来只要还有一口气，他的喊声是不会停止的！于是一拍翅膀，扇起了漫天的狂风。狂风把满地金币统统刮走了，国王和他的心腹大臣也被狂风刮得在地上乱滚。这阵狂风，直刮到国王和他的大臣被摔得血肉模糊，一命呜呼，方才停息。

几天以后，百姓从树林里找到国王满是血迹的王冠、王袍，知道万恶的国王已经为金币送了性命，无不拍手称快。大家本来就不相信吉克依会偷什么金库，现在更认为他为群众做了一件大好事，纷纷拥立他为他们的国王。吉克依答应了乡亲们的要求，做了国王。当了国王以后，吉克依立即下令把原来国王搜刮来的大量财产，全部分发给穷苦的百姓，使百姓们都过上了幸福的生活。

两只箱子

很早很早以前,不知是在山沟里,还是在平原上;是在农村里,还是在牧区里;是在土房里,还是在毡房里,住着一个忠厚、贫穷的牧民。这个牧民无儿无女,快六十岁了他的老伴儿才生了一个女儿。老牧民夫妇对他们晚年时才迎来的这个客人十分疼爱,给她取了个美丽的名字:卡拉恰西。可是,就在老牧民有了卡拉恰西两年以后,他的老伴儿就死了。老牧民死了老伴,带着不满三岁的卡拉恰西生活更困难了,一天到晚别说干活,连饭都没时间做。

就在老牧民为自己的生活犯愁的时候,附近一个死了丈夫的女巴依,不知为什么提出来要嫁给老牧民。女巴依派来说亲的人还说,不仅不要老牧民的聘礼,还可以把巴依留下的全部牲畜和一所院子带过来,只要老牧民不嫌弃她就成。老牧民不大相信有这样便宜的事,但为了给可怜的卡拉恰西找个能照顾她的母亲,就答应了这桩婚事。

　　老牧民和那个女巴依结了婚，女巴依真的带来了大量的牧畜、财产，同时还带过来一个比卡拉恰西大得多的姑娘苏孜白库孜。自从老牧民与那个女巴依结婚以后，老牧民实际上就成了女巴依家一个不拿工钱的牧工，卡拉恰西也成了女巴依一个小奴隶。老牧民成天被女巴依逼着去为她牧放牲畜，卡拉恰西也被女巴依逼着去侍候她带来的苏孜白库孜。老牧民原是牧工出身，放牧对他来说倒不是什么难事，卡拉恰西可就受罪了，不满三岁的小姑娘，本来还需要大人的照顾，如今却要去服侍别人！而比她大得多的苏孜白库孜又专爱故意刁难，使卡拉恰西一天到晚不是挨打就是受骂，没有一刻是平平安安度过的。尤其是卡拉恰西一头乌黑油亮的头发，比苏孜白库孜连辫子也梳不成的几根癞毛不知漂亮多少倍，这更使女巴依嫉恨。女巴依经常在打骂卡拉恰西的同时，拼命拔她的头发，使卡拉恰西小小年纪竟像六七十岁的老太婆一样，满头黑发剩下不到一半。

　　可是，世间的事情偏偏这么奇怪。日子一天一月地过去，十年以后，卡拉恰西却出落得又聪明又漂亮。十三岁的姑娘，说起话来声音清脆、响亮，像唱歌一样好听，而且说的话很有分寸，意思也很深。凡是听过她说话的人，总想多听几遍。她的美丽更不用说，个儿不高不矮，脸蛋白里透红；一双大大的眼睛又黑又亮，像一对晶莹的宝石；满头黑黑的长发，像丝线一样柔和闪光。凡是看到她的人，都想多看她几眼。她又勤劳，又灵巧，又爱帮助别人，又很懂得礼貌。凡是知道她的人，没有不喜欢她的。而苏孜白库孜呢？在女巴依百般娇惯下，长得也确实不同一般。论年龄她比卡拉恰西大得多，可是光长坏心不长个头，十七八岁了，比山羊高不了多少；满身的肥肉，像酿酸奶的皮口袋一样又大又粗。她说起话来声音更粗，如果不知道她的年龄，还以为她是个五十多岁的老太婆。她的长相也很特别，前额肥大而且突出，额头下一大一小两只眼睛很少转动；鼻子特别小，嘴又特别大；一口又黑又黄的牙齿，长的太长，短的太短，让人一见就觉得可怕。都快二十岁的大姑娘了，什么活儿都不会做，也不想做，整天到处找人吵架。知道她的人，都暗暗祈求千万别在什么地方碰见她。

女巴依见两个姑娘长得这么不同，对卡拉恰西更是嫉恨了，家里大大小小的事情，全压在了卡拉恰西身上。女巴依一会儿喊："哎，卡拉恰西！站在那儿干什么，擀毡去吧！"一会儿又喊："哎，卡拉恰西！跑来跑去干什么，捻线去吧！"卡拉恰西刚做完一件事，女巴依刺耳的声音又响了："你这个蜻蜓一样的瘦鬼，成天到处乱飞还没有玩够吗？又想到哪儿去浪荡呀，还不快扫院子去！"

卡拉恰西从早到晚，忙完这样忙那样，一点空闲时间都没有。就这样，女巴依还觉得不够，又故意说附近小河里的水不干净，烧的茶不出味，要卡拉恰西每天早晚到老远的森林里去打泉水烧茶。不过，卡拉恰西倒非常乐意到森林里去打水。这样她不但可以暂时得到一些自由，而且一路上各种各样鲜艳的花朵，她们是卡拉恰西最知心的朋友，卡拉恰西可以向她们诉说自己的痛苦和欢乐。卡拉恰西每天去打水时都要向一路见到的花姐妹们问好，亲一亲那些刚刚开放的鲜花，同时给一些干渴了的花姐妹们浇水。她还特地为她的花姐妹们编了一支歌，每天来来去去把编的歌唱给她们听。她的歌是这样的：

花儿花儿请听我歌唱，

卡拉恰西盼着你们快快成长。

愿你们一天比一天增多，

愿你们一朵比一朵漂亮。

愿你们的色彩更加艳丽，

愿你们在人间四季飘香。

愿你们永远不忘你们的朋友，

干渴时给你们浇水的卡拉恰西姑娘。

每天，卡拉恰西去打水时，一面轻轻地唱着歌，一面精心地给她的花姐妹们整枝、浇水。花儿们在卡拉恰西路过时，也总是微微地向她点头含笑，像是在同她打招呼。有时卡拉恰西的歌刚唱完，花儿们在微风吹拂下，轻轻地摇着头，发出的响声又像在对她的祝愿表示回答。花儿们唱的歌是这样的：

亲爱的卡拉恰西姑娘，

您的好心我们永远不会忘记。

我们将把您的情谊传遍草原，

让草原上的人们都知道您心灵的芬芳！

一天,卡拉恰西担回最后一担水,正唱着歌给花儿们浇水,女巴依找她来了。女巴依老远就听见卡拉恰西圆润的歌声十分恼火,翻过一个小山梁,又见到卡拉恰西在给花儿浇水,更是气得浑身发抖。她想,这个该死的黑头发,我说她怎么一天比一天长得漂亮,原来她活得这么快活!想到这儿,她像饿狼一样扑向卡拉恰西,揪住卡拉恰西的黑发,狠狠地打了一顿,同时决定让卡拉恰西的父亲把卡拉恰西赶出去。当天晚上,女巴依就又哭又闹地威胁老牧民:"你那该死的黑头发越来越不像话了,这么大的姑娘,什么活儿也不会干,一天到晚就知道在草原上浪荡!让这样的浪荡子留在家里,还不如让这个家被火烧掉。要么你把她赶走,要么你跟着你的宝贝女儿去流浪,反正我再也不愿见到她了!"

老牧民听了女巴依的话难过极了,他怎么忍心赶走自己心爱的女儿呢?这是他唯一的一个亲人呀!女巴依吵闹了一晚上,老牧民也舍不得赶走自己的亲生女儿。第二天,女巴依见老牧民不愿赶走卡拉恰西更恼火了。天一亮,她就去找几个娘家的亲戚,硬把老牧民父女赶到一个很远的深山里。临走时,女巴依还恶狠狠地对老牧民说:"如果你舍不得离开你的宝贝女儿,你这辈子就别想再进这个家!"

老牧民和卡拉恰西被赶进了深山老林,中午时,他们都有些饿了,只得到附近的阿吾勒去找些吃的。因为老牧民昨天劳动了一整天,晚上又被女巴依闹了一夜没有睡觉,现在又累又饿,没走几步就昏倒了。卡拉恰西见父亲昏倒了,知道是饿的,忙把他扶到一棵大树下休息,自己一个人去阿吾勒找吃的,她在深山里走呀走呀,也不知走了多远,大

阳都快下山了还没有走出森林,也没有找到一户人家。这时,她又担心起父亲来,不知道父亲现在怎么样了,忙回头往老牧民休息的地方赶。回到老牧民休息的大树前,天已经黑了,卡拉恰西喊了几声不见回答,一摸她父亲休息的地方,父亲不见了,只留下一件破袷袢。原来老牧民在卡拉恰西走后不久又清醒过来,一看女儿不见了,大吃一惊。他想了想自己昏倒前的情景,估计女儿一定是去阿吾勒找吃的,心里稍稍踏实了些,仍躺在树下等着女儿。可是,他等呀等,一直等到太阳落山还不见卡拉恰西回来。这时,他又担心起来了,怕女儿一个人出事,于是决定把袷袢留在树下,自己到林子里找卡拉恰西。

卡拉恰西摸到父亲留下的袷袢,估计父亲找自己去了,让自己在这儿等他,只得忍着冻饿静静地守在大树下面。好一会儿,卡拉恰西见父亲还不回来, 正在着急,忽然发现前面不远的地方出现了火光。开始,卡拉恰西以为是父亲回来了,一阵高兴。可是,很快她就失望了,原来火光根本未向她这个方向移动。不见火光移动,卡拉恰西又开始怀疑起来,那是什么火光,难道那儿有人家? 可是下午自己去过那儿,不见任何人迹呀! 最后她决定过去看看。反正不远,父亲来了看见火光也会到那儿去的。于是脱下自己的衣服放在树下,穿上老牧民的破袷袢走了。

不一会儿,卡拉恰西来到火光跟前,一看原来是一座十分小巧的宫殿。卡拉恰西看到这座美丽的宫殿非常奇怪:这么漂亮的一座宫殿,怎么下午没有看见呢? 宫殿周围没有一只牲畜,宫殿门口也没有看守的人和狗。卡拉恰西正在犹豫自己是不是要敲门进去,宫殿的大门忽然开了，从宫殿里出来一个白发童颜的老太婆。老太婆像是专门出来迎接卡拉恰西似的，一出来就对卡拉恰西说："你来啦，孩子！我的女儿们早就想请你来做客了，快进去吧！她们知道你一天没有吃东西，正在为你准备晚餐呢！"

卡拉恰西对老太婆的话有些纳闷，忙问她："老奶奶！您的女儿是谁？她们怎么知道我一天没有……"

老太婆一听和蔼地笑了，不等卡拉恰西说完，抚着她乌黑的头发说："啊，孩子！我的女儿与你交了这么长时间的朋友，你们每天早晚都要见面，你怎么会不知道呢？"

卡拉恰西更奇怪了，心想：这个老奶奶的女儿难道是那些花不成？她们虽说也有生命，可不是人呀，怎么会是这个老奶奶的女儿呢？老太婆见卡拉恰西瞪着大眼睛望着自己，知道姑娘还有些犯疑，于是又对她说："走吧，孩子！咱们进屋去。你一见我的女儿，就会认识她们的。"说完，拉着卡拉恰西的手走进宫殿。

一进宫殿，卡拉恰西立即感到异香扑鼻，沁人心脾，精神大振。一会儿，她们来到宫殿大厅，老太婆的女儿已经迎了出来。卡拉恰西见无数身穿彩色衣裙的姑娘，一个个微笑着向卡拉恰西问好。卡拉恰西虽然从来没有见过这些年轻美貌的姑娘，但看她们的相貌竟像是十分熟悉的朋友。姑娘们把卡拉恰西迎进大厅，立即端出各种精美的食物请她吃。卡拉恰西见这么多自己从未吃过的食物，想起她的父亲，正准备向姑娘们先要些食物给父亲送去。这时，在一边看着她的老太婆又开口说道："孩子！你的父亲在森林里找了你几天没有找到你，已经回去

了,你自己尽管先吃吧。"

卡拉恰西本来就感到眼前的一切太奇怪了,听了老太婆的话,更是忍不住插话问道:"好心的老奶奶,谢谢您!请您先告诉我你们到底是什么人,怎么知道我的情况?我刚离开父亲不到一个晚上,您怎么说他找了我好几天?在我没有弄清你们和我父亲的情况以前,我是不会吃你们的东西的!"

老太婆见卡拉恰西那着急的样子笑了,她说:"好吧!孩子,我可以告诉你。我是森林大娘,我的女儿就是你每天给她们浇水的草原上各种鲜艳的花朵。我们不是人类,但是知道人世间的一切秘密。多少年来,你对我女儿的照顾,使她们经受风吹日晒,茁壮成长。为了感谢你,我早就想请你来我这儿做客了,但是怕你的后母知道以后责怪你,一直没有如愿。前几天你那个狠心的后母想要害死你,把你们父女赶进很远的森林,使我们有了见面的机会。我的女儿们见你一天没有吃东西,天一黑就把你引到这儿来了。你知道从你父亲休息的那棵大树到这儿有多远吗?一般人走,要走好几天呢!你虽然只走了一会儿,实际上已经好几天过去了。你的父亲虽然没有找到你,不过你放心,将来你们还会见面的。"

卡拉恰西听了森林大娘的话安下心来,吃了些东西,又同大娘的女儿们玩了一阵,然后送走大娘的女儿与大娘一起睡了。第二天,卡拉恰西照十多年来养成的习惯,早早地就起来帮森林大娘担水、做饭、打扫宫殿。森林大娘起来以后,发现院里比平时显得干净、整洁,非常高兴。她来到大厅,见大厅里已经摆好了早饭,卡拉恰西正在替她洗衣服,忙过去拉住卡拉恰西,不停地夸赞她:"哎,好孩子! 你真是一个心灵手勤的好姑娘,这样的好姑娘将来一定会幸福的! 好了,孩子,先吃饭吧! 一清早你做了这么多事,肚子也该饿了。这些衣服等晚上我的女儿来洗吧。"

卡拉恰西说:"奶奶,谢谢您! 我现在不饿。在家的时候,每天都是别人家吃完午饭我才吃早饭的。你要是饿了就先去吃吧,我洗完这几件衣服再吃,吃了饭我就想回家找父亲去。"

森林大娘听了卡拉恰西的话没有再说什么,笑着点了点头进去了。卡拉恰西洗完衣服进到大厅,森林大娘正在大厅里等她。她们吃完早饭,森林大娘对卡拉恰西说:"孩子! 你急着去见你的父亲,我也不再留你。为了感谢你对我女儿们的照顾,我准备送你一件礼物。你到这个宫殿的屋顶上去,那儿有两只箱子。站在箱子上,你可以看到箱子里装着世界上最珍贵的东西。你喜欢哪只箱子里的东西,就把哪只箱子取下来,那就是我送给你的礼物。"

卡拉恰西上到宫殿的顶上,果然看见一红一白两只木箱。她先站在白箱子上,眼前顿时出现一片蒙蒙的迷雾。迷雾中闪耀着一堆堆金银珠宝。卡拉恰西看见这些珍宝非常奇怪,心想:老奶奶不是说可以看到最珍贵的东西吗? 这些东西有什么珍贵的呀! 她又站到红箱子上,刚一上去,立即感到自己的眼睛变得特别明亮,不仅看得十分清楚,而且看得非常远,整个森林、草原,连同活动在草原上的人畜都进到她的眼里。卡拉恰西正高兴地看着草原上秀丽的景色,忽然发现远处森林里一个衣衫褴褛、满头白发的老头儿。老头儿正低着头在森林里艰难地

走着,看样子是在寻找什么丢掉的东西。老头儿的身后还跟着一只小狗和一只小猫。看见老头儿和他身后的小猫小狗,卡拉恰西十分惊奇,那小猫和小狗不是自己最亲近的两个朋友吗,它们怎么跑到森林里去了?那个老头儿看样子像是自己的父亲,可他的衣衫怎么这么破烂?他的头发原先也没有全白呀?卡拉恰西正惊疑着,老头儿抬起头来,张着嘴像是在呼唤着什么。这时,卡拉恰西才看清那个呼喊着的老头儿,正是自己可怜的父亲。她虽然听不见父亲的声音,但一见他满是泪痕的脸,立即猜到是在寻找自己。卡拉恰西伤心地恸哭起来,随即抱上那只红箱子去见森林大娘,要求马上去找她的父亲。

森林大娘见卡拉恰西拿了那只红箱子,满意地点了点头,随即取出一把钥匙来给卡拉恰西,然后安慰她说:"孩子,不要再哭了,很快你就能见到你父亲的!宫殿门口已经为你套好了大车,你把钥匙放好快带着箱子上车去吧。上车以后你闭上眼睛,我马上送你回去。"

卡拉恰西照森林大娘的吩咐上了大车,然后闭上眼睛等森林大娘上来。可是,她等了好一阵,只听见呼呼风响,却没听见森林大娘上车的声音。卡拉恰西以为森林大娘上车有困难,正想睁开眼去扶森林大娘,森林大娘已在叫她了:"好了,孩子,睁开眼睛吧,祝你今后永远幸福!"

卡拉恰西不知道是怎么回事,忙睁开眼睛,森林大娘和宫殿都不见了,自己来到一个从未到过的森林里。卡拉恰西对这一神奇的变化感到莫名其妙,想下车去找森林大娘,忽然听到森林里传来一阵悲伤的歌声:

你是我海中的水獭，

你是我天上的星星，

你是我唯一的依靠，

你是我宝贵的命根，

我找遍了整个森林，

没找见你的身影！

我心爱的宝贝啊，

你现在在那里呀，

我可怜的女儿啊，

你可曾听见我的声音？

我的声音已很微弱了，

悲伤已把我的精力耗尽。

我心爱的宝贝啊，

如果今天再找不到你，

我可怜的女儿啊，

我将在这密林里结束我的生命！

　　卡拉恰西听到父亲悲凄的歌声，禁不住泪如泉涌，立即向歌声传来的方向跑去。失散的父女重新见面，老牧民紧紧地抱着心爱的女儿，悲伤的眼里流出了兴奋的热泪。父女俩哭了一阵，卡拉恰西想起森林大娘送给她的箱子还在大车上，忙领着父亲向停车的地方走去。到了

停车的地方，大车已经不见了，只剩下一只小小的红木箱。卡拉恰西估计森林大娘把大车收回去了，忙同父亲一道带上箱子回去了。到家时，女巴依已带着苏孜白库孜到她的亲戚家去了，老牧民父女就在阿吾勒的乡亲们家住了下来。晚上，乡亲们都来看望卡拉恰西，问卡拉恰西这些天的情况。卡拉恰西向乡亲们讲了自己在森林大娘那儿做客的事，同时当着大家的面打开箱子，打算让大家也见识见识箱中的东西。她刚把箱子打开一条小缝，箱子里立即射出一道耀眼的光芒。好一会儿，人们才看清里面装的全是金银珠宝。卡拉恰西见箱子里装得全是金银珠宝，怀疑自己是不是拿错了。但箱子明明是红的，怎么会错呢？最后，她决定把金银珠宝全部分给乡亲们，自己只留下箱子作为纪念。说也奇怪，箱子虽说不大，可里面的金银怎么也拿不完，拿出一件，马上又长出一件。乡亲们得到卡拉恰西送的礼物非常高兴，齐声赞美卡拉恰西，帮他们父女俩在阿吾勒重新安了家。

再说卡拉恰西的后母，那个狠心的女巴依，自从老牧民回来告诉她卡拉恰西在森林中丢失以后，满以为拔掉了扎进身上的骆驼刺，更是毫无顾忌地折磨老牧民。她见老牧民整天为卡拉恰西伤心落泪就大吵大闹，甚至不给老牧民饭吃，让老牧民找卡拉恰西要吃的去，希望老牧民早一天死掉。这天，她等老牧民出去找卡拉恰西以后，忙带上苏孜白库孜到自己的亲戚家去了。她在亲戚家住了几天，听说老牧民那天出去以后再没回来，以为老牧民也死在森林里了，非常得意。正当女巴依准备回去杀马宰羊祝贺，她的一个兄弟急急忙忙地跑来对她说："你还庆贺呢，快哭吧！卡拉恰西昨天回来了，还带回来一大箱金银珠宝。

听说是什么森林大娘送给她的。她现在成了整个草原最富有的巴依了,财产多得用不完,一回来就给阿吾勒的穷鬼们一人一大堆金子!"

女巴依一听,像掉进了冰窟窿一样浑身发凉,好半天才缓过来。一缓过来,她立即跑去找卡拉恰西,装着十分关心的样子哭着对卡拉恰西说:"哎,我的小马驹,你可回来了!那天听说你父亲把你丢了,你知道我多难受,一连病了好几天。前几天你父亲出去找你没有回来,我的病刚好一点就带着你姐姐找你去了。现在好了,你终于平安地回来了,咱们快回家吧!为了你平安回来,我们得举办喜宴。我把羊都准备好了,等着你向客人们讨祝福呢!"说着,与她的兄弟连拉带拥硬把卡拉恰西和老牧民弄回去了。

到家以后,女巴依真的杀马宰羊为卡拉恰西祝贺。吃饭时,女巴依对卡拉恰西真是特别亲昵,还搂着卡拉恰西假惺惺地问她这些天住在哪儿,怎么回来的……卡拉恰西到底年轻、善良,对女巴依的变化虽说感到奇怪,但还是把在森林大娘那儿做客的情况告诉了她,女巴依听后忙说:"啊,这么说多亏了那位森林大娘,你现在还记得她住的地方吗?咱们可得好好地谢谢她!"

卡拉恰西摇了摇头:"不知道。不过,她的宫殿离我和父亲分手的那棵大树不远,爸爸可能还记得那棵大树的位置。"

女巴依听了卡拉恰西的回答没有再说什么。晚上,女巴依等大家都睡了以后,把老牧民叫起来对他说:"卡拉恰西不是说森林大娘那儿有两个箱子吗?你把苏孜白库孜带到森林里去,让她把那个箱子拿来。这样,苏孜白库孜也有了一份财产,不然她们姐妹会因为财产的事吵

架的。"

老牧民说："苏孜白库孜和森林大娘的女儿们又不是朋友，人家凭什么要送给她箱子呀！你要是怕她们吵架，让卡拉恰西把她的金银分一半给苏孜白库孜好了。"

女巴依一听，骂道："哼，谁稀罕卡拉恰西的金银！我看你就是偏心自己的女儿，你还没有去，怎么知道森林大娘不把箱子给我的苏孜白库孜呢！好吧，你既然这样偏心自己的女儿，我倒要看看你能守着她多久！"

老牧民一听女巴依的话，担心她以后再虐待卡拉恰西，只得在第二天把苏孜白库孜带到那棵大树跟前，让苏孜白库孜去找森林大娘。苏孜白库孜临出门前，女巴依一再叮嘱她把那只白箱子拿回来，她一路上脑子里只想着白箱子，连老牧民告诉她已经到了都没有听见。老牧民见苏孜白库孜那痴呆呆的样子，只得把她拉到大树跟前让她坐下来，然后才离开她。老牧民走后不久，天黑了下来。这时，苏孜白库孜被晚上森林里刮起的冷风吹醒，醒来以后，她发现自己一个人留在深山老林里，吓得浑身颤抖。不一会儿，远处又传来一阵吓人的狼嗥。听见狼嗥，苏孜白库孜尽管平时像魔鬼一样厉害，这时也吓得哭了起来。她一边哭，一边跑，同时还不停地咒骂她的母亲让她到这个鬼地方来挨冻受怕。跑着跑着，她忽然发现前面有一团亮光，像是谁家火塘里发出来的火光，于是不顾一切向亮光冲去。等跑到亮光跟前，原来正是卡拉恰西说的森林大娘的宫殿。苏孜白库孜看见宫殿又高兴起来，忙上去打宫殿的大门，高声呼喊着森林大娘的名字。一会儿，宫殿的门打开了,从里面走出一个白发苍苍的老太婆问苏孜白库孜:"孩子!你叫什么名字,到这儿来干什么?"

苏孜白库孜见出来一个又干又瘦的老太婆,以为是给森林大娘看守宫门的奴隶,没有理她,径直冲了进去。进到大厅,苏孜白库孜见大厅里空无一人,但却摆着各种精美的食物,心想:这一定是森林大娘准备迎接我的!于是大摇大摆地走到上方坐下吃起来,她一面吃,一面问跟进来的那个老太婆:"喂,老家伙!森林大娘呢?快去给我把她找来!"

老太婆一听,说:"孩子,你找森林大娘有什么事?"

苏孜白库孜嫌老太婆管得太多,瞪了她一眼:"这是你该问的吗?还不快去叫森林大娘来见我!"

老太婆说:"孩子,你怎么啦!你要找的森林大娘不就站在你面前吗?你找她有什么事就说吧!"

苏孜白库孜没有听懂老太婆的话,以为还有什么人在这个大厅里,忙问:"森林大娘在哪儿?"同时瞪着一大一小两只眼睛在大厅里到处搜寻。

老太婆见苏孜白库孜傲慢愚蠢的样子又是生气又是好笑:"你别乱找了,我就是你要找的森林大娘!"

苏孜白库孜根本不信老太婆的话,正想训她,忽然面前这个又干又瘦的老太婆,变成了一个白发童颜、衣着华贵的贵妇人。这时,苏孜白库孜不敢像刚才那样放肆了,不过她仍拿着架子对老太婆说:"好吧,既然你就是森林大娘,我就告诉你。你不是问我是谁吗?我就是前几天在你这儿住了好久的那个卡拉恰西的姐姐苏孜白库孜。你不是问

我找你有什么事吗？我找你就是问你要那只装满金银珠宝的白箱子！"

森林大娘一听，说"啊，原来你是卡拉恰西姑娘的姐姐，你怎么不早说呢！刚才我听见狼嗥，接着又听见打门的声音，还以为是饿狼窜到我这儿来了呢，原来是你！好吧，你既然是善良的卡拉恰西的姐姐，又到我这儿来了，就先在我这儿住几天吧。你要的白箱子就在这个宫殿的顶上，你随时可以去取。不过，我先要告诉你，箱子里装的可不是你站在箱子上看见的东西。"

苏孜白库孜听说箱子在宫殿的顶上要她自己去取，老大的不高兴，想让森林大娘给她取下来。由于她光想着怎么让森林大娘给她取箱子，森林大娘后面说的话她没有听到。等森林大娘说完，她已想好了主意，正打算责怪森林大娘偏心眼让她上房自己去取箱子，忽然眼前亮光一闪，森林大娘不见了。苏孜白库孜见森林大娘忽然不见了，以为她到别的房间去了，忙大声呼喊着森林大娘，让森林大娘快上房去把箱子取下来。她喊了好一阵，不见森林大娘，又到各个房间去找了一遍，也不见森林大娘，只得自己爬到房顶上去了。一上房顶，她立即看见一红一白两只箱子。看见两只箱子，想起卡拉恰西那只红箱子。不知这只红箱子里面是不是也装着金银珠宝，忙照卡拉恰西说的那样站到箱子上去观看。刚站上红箱子，她眼前立即明亮起来，清楚地看见家乡的牧民们正在忙着打草、擀毡。看到牧民们在劳动，她想：这有什么意思呀！打草、擀毡。难道让我拿这个箱子回去干那些又累又脏的活儿！于是忙又站到白箱子上去。一上白箱子，眼前立即出现一片昏暗，无数光灿灿的黄金、白银在昏暗中闪光。苏孜白库孜看见这么多黄金、白银高兴得跳了起来,忙把白箱子搬了下来。搬下来以后,她才发现箱子上还上着锁。这时,她顾不得再找森林大娘要钥匙,忙背上箱子顺着原路回去了。

到家以后,她把箱子交给女巴依,让女巴依找人配钥匙,女巴依怕别人知道后会分去里面的财宝,不仅不去找人,反倒把毡房门锁起来,然后找了把斧头砸箱子。她们刚把箱子砸开一道缝,裂缝中立即窜出一黄一白两股浓烟。看见浓烟,女巴依和苏孜白库孜以为是金银多得在往外溢,暗暗得意。正在她们得意地望着往外冒的浓烟时,两股浓烟眨眼工夫化成了一黄一白两条大蛇。大蛇一出来,不等这一对狠心贪婪的家伙喊一声救命,一张嘴就把她们吞进了肚里。

晚上,老牧民和卡拉恰西放牧回来,看见毡房的门倒锁着,不知女巴依在里面干什么,等了好久也不见开门,最后只得把门砸开。他们砸开门进去点上灯一看,里面没有人,却看见一只空着的白箱子和两摊乌黑的浓血。从此,卡拉恰西和她的父亲永远摆脱了女巴依的折磨,过上了幸福的生活。

不久,卡拉恰西的父亲年老去世,卡拉恰西埋了父亲,又来到森林大娘那儿。森林大娘问卡拉恰西:"啊,好心的卡拉恰西姑娘!你干什么来了,是不是又遇到了什么困难?"

卡拉恰西说:"不,老奶奶,没有遇到什么困难。我这次是专门来给您做饭、洗衣服,给您当孩子来了。"

森林大娘说:"啊,谢谢你,好心的卡拉恰西姑娘!我的衣服很干净,要做的事也有你无数花姐妹们替我做,你还是回去奉养你年老的

父亲吧！"

　　提到可怜的父亲，卡拉恰西不免掉下泪来："我父亲已经死了。我现在成了真正的孤儿了！"

　　森林大娘一听，忙安慰她说："啊，好孩子。别难过！你父亲虽然死了，可是你的乡亲们都非常喜欢你，你就去当他们的孩子吧。为你所有的乡亲过上好日子，辛勤地劳动吧！"

　　卡拉恰西听了森林大娘的话明白过来，立即回到家乡，把乡亲们当作自己的亲人，与他们一起辛勤地劳动。卡拉恰西的乡亲们也把卡拉恰西当作他们的女儿，永远爱护着她。

孤儿的八十句谎言和四十句谎歌

很早很早以前，人民就由国王来管理。可是国王们大都不把人民的疾苦当作一回事，整天过着花天酒地的生活，带给人民却是数不尽的痛苦。他们感到无聊的时候，人民常常成了他们的玩物。他们仗着权势、财产，随意戏耍人民，弄得人民除了整天辛苦劳动还要想法满足国王荒唐的邪念。我说的故事中的国王就是这样。他成天猎鹰或是沉醉于美酒、姑娘中，日子长了，感到腻味，一天竟然给人民下了这样一道命令："全体臣民，不分男女老少，谁能一口气说出八十句谎话，唱出四十首谎歌，中间不夹一句真的，我赏给他一辈子也用不完的牲畜财产。如果说得好，唱得妙，使我感到满意，是小伙子，我把美丽的公主嫁给他；是姑娘，我娶她做儿媳妇；是老汉，我封他为大臣；是老太婆，我给她加倍的奖赏。如果说的谎话、唱的谎歌中间夹了一句真话，我立即杀死他！"

命令一出,百姓们又是好笑,又是气愤,认为他们的国王简直是疯了,不干好事,恨不得好好教训他一顿。不过,也有人对国王许下的重赏感兴趣。尤其是一些没有娶老婆的小伙子,知道国王独生女儿的美丽,脊背开始痒起来,牙齿也开始发出咯咯的响声。一些话如流水歌如泉,嘴像没有长下巴一样张开来就关不住的且先、阿肯,自恃才能,纷纷说:"这有什么,任何言辞逃不出我这张嘴。国王既然下了这样的命令,我把他的独生女儿娶过来!"就这样,他们一个接着一个去找国王。可是,去见国王的人都被砍了头。有名的且先、阿肯,不是说漏了嘴,就是忘了怎么唱,送掉了性命。有的人先编好八十句谎话、四十首谎歌,而且背得像流水一样顺溜,可是,一见到国王那凶恶的神情,背熟的谎话就吓得忘了个一干二净,不由得吐出了真情,换来了被砍头的厄运。

有个且先去见国王时说:"尊敬的国王陛下,我来给您说谎话。一个黑母牛到空中去吃草,吃了草又到地上来下牛犊……"

国王一听,立即打断他:"快,快拉出去给我砍掉,这样的人也配来我这儿说谎!母牛到天上吃草还可以,到地上来生牛犊难道也行吗?"说着一挥手,几个刽子手上来把那个可怜的且先拉出去宰了。

还有一个有名的且先到国王那儿去说谎,一见到国王狰狞的面孔,他想好的谎话都被吓回去了,哆哆嗦嗦了半天,才哆嗦出半句:"鱼儿,鱼儿从水……水里出来……"

国王见他这个样子不耐烦了,问他:"鱼儿从水里出来怎么样?"

那个且先见国王发火了,更是不敢随便乱讲,忙接下去说:"都死了!"

国王一听大为愤怒："鱼儿从水里出来都死了？他说的什么话，还不快给我拉出去砍了！"说着连连挥手。那个可怜的且先又被刽子手结束了生命。

就这样，好多无辜的百姓被国王杀了头，被国王杀死的人之多，离王宫几十里都能闻到血腥味。

这时，有个讨饭的孤儿听到了国王荒唐的命令和许多人被国王杀害的消息，十分气愤，决心去找国王，用他的命令来教训教训他。孤儿来到王宫，对守门的卫士说："听说国王发布了命令，我特意来找他，你给我通报一下！"

守门的卫士看到孤儿吓了一跳。只见他，瘦长的脖子像根树干，一身的虱子，虱子的个儿有麻雀那么大；头发又长又乱，身上又黑又脏；穿一件破皮袄，窟窿比皮子多得多；皮裤更不用说，大腿以下的部分，干脆就没有。卫士见这样一个孤儿要求觐见国王，可怜他："蚂蚁还知道看一看自己想去的路，你这个样子还想见国王吗？莫说你了，好多大名鼎鼎的且先、阿肯都被砍去了头。你还是个流鼻涕的孩子，还是讨你的饭去吧！"

孩子一听，和卫士吵起来，大骂卫士胆敢小看国王下令请来的客人，最后索性躺在王宫的门口，谁也不让进出。孤儿和卫士的争吵被国王听见了，将卫士叫去问发生了什么事。卫士把孤儿的情况向国王作了禀报，国王说："自己想死嘛，有什么办法呢，让他进来吧！"

孤儿进了王宫，大大方方地一直走到国王跟前，对国王说："万民诅咒的国王，听说你发布了一道荒唐透顶的命令，拿人民当玩物，使得

人民怨声载道。说真的,我真的十分义愤,专程赶来教训你,你让不让我说话?"

孤儿的第一句话,就把国王弄得哭也不是,骂也不是。接着一句,更问得国王哑口无言。好半天,国王才气急败坏地说:"你,你,你说吧!"

孤儿说:"那好吧,高贵的陛下!我从来不会说谎,只能告诉您我一些亲身的经历。还在我母亲的肚里时,我已经把父亲的六千匹马放了六年。后来,我用给父亲放马得来的工钱,娶了老婆,生了孩子。我的大孩子,整整比我大二十五岁。有个三伏天,我赶着马去饮水。沿着滔滔的大河,我找了好久,没有找到一滴河水,河水都冻成了几尺厚的冰。最后,我来到一眼枯井跟前,啊,英明的陛下,您听了一定会说那是假话,可那对我来说,是千真万确的事情!因为我把手伸到井里看过,井水结起两人高的冰。我决心凿开冰块取水饮马,结果冰块砸破了我的斧头。我又用套马杆去捣,结果套马杆被捣成了齑粉。怎么办?在井口我想了三天三夜,最后终于想到了我的头。我急忙拔下我的头来轻轻地砸冰。贤德的陛下,您说我有多么幸运,我一头就砸开了足够六千匹马饮水的大水坑!

"当马饮水的时候,我没有一一数我牧放的马匹。多么走运,陛下!我那匹六尺长的花种马下的七尺长的马驹子不见了。当时我真的太高兴了,因为我找来找去,没有找到我的马驹。我站到一个深深的洼地里向四周望,又把套马杆立在地上,爬到套马杆上望,又在套马杆上插上刀子,站在刀尖上望,又把刀鞘套在刀子里,站在刀鞘上去望,可是,怎么也找不到我的马驹。这时,我再没有别的东西可以加高了,忽然想起别在我舌头上的那根针。我忙取下针来插在刀鞘上,又站到针尖上去找,还是没有找到。正在我着急的时候,我的大儿子教训我:'聪明的爸爸,您不要光看地下,要看天上!'

"我忙向天上望去,果然天上一朵云彩都没有,太阳被遮得严严的,什么也看不见。我用脚擦了擦太阳的脸再看,啊,贤明的陛下,您猜怎么着?在那六重天的上面,七层地的下面,启明星的那面,北极星的这面,有一条好几拃长的大河。大河边上长着一棵大树。就在那大树的树梢上,我的马驹正在那儿下小马呢!看见了马驹,我立即用刀鞘当船,刀作桨,向马驹划去。刚划了不到几套绳,眼看刀鞘就快沉了,我急忙改过来,用刀子当船,刀鞘当桨。幸亏我这一改,刀子才稳稳地浮在了水面,而且把我平安地载到马驹跟前。到我七尺长的马驹跟前,我心疼地把它紧紧地抱在怀里,骑上它刚下的小马。啊,伟大的陛下,您一定以为我在说谎,我也从来未见到过这样的事情。不过,这可是真实的情景。我骑着刚落地的小马,没有经过河面,也没有游过河水,更没有走过河,一下子就到了河的对岸。过河以后,我担心我那七尺长的马驹子再丢了,忙把它拴在它刚生下来的小马身上,把小马又拴在种马的尾巴上,才算了却了我的一桩心事。

"由于找马,好几天我忙得肚子饱饱的,这时才想到去找点吃的,在一棵未长出来的大树根里,卧着一只未出世的大白兔。一见那只未出世的大白兔,我高兴极了,忙拉开箭,射了一弓。哎,高贵的陛下!您看看,我这一弓,一下子就在兔子身上射了七个大窟窿,为了烧兔子

73

肉,我把马拴在套马杆上捡牛粪,走到兔子身边,忽然发现我拴在套马杆上的马在天空奔驰。看到这个奇景,我忙把怀里的牛粪取出来放在地上,向马跑去。这时,我才发现刚才我拴马的不是套马杆,而是天鹅的脖子。天鹅一飞,把我的马也带上了天,在马跑过我头顶的时候,我赶紧一把抓住马尾,把马拉了下来,向着牛粪走去。一到牛粪跟前,牛粪又飞到天上去了。原来它们是一群嘎啦鸡。

"我再次来到兔子那儿,想给兔子剥皮,可是我的刀子不知到哪儿去了。为了用什么给兔子剥皮,我整整想了两天两夜。最后,啊!智慧的陛下!我终于想到我多长了一颗牙齿,忙把它拔下来,用它剥兔子的皮。因为我是宰杀牲畜的能手,剥皮的技术特别高明,只用了三天就把一只兔子的皮剥了下来。宰好兔子,我想快把油炼出来,找来一口新锅,结果放在锅里的油全漏掉了。幸亏我及时发现,换了一口满是窟窿的破锅,才算把油炼出来。因为新锅漏掉的不少,一只兔子油才装了一牛肚子、一黄鼠狼肚子和一老鼠肚子。装好兔子油,我想,我要这么点油干什么,干脆用它擦靴子的尖儿。有什么办法呢,天才的陛下,油太少啊!

"这以后,我打算煮兔子肉吃,把肉放在一块大石板上,用雨天的太阳猛烤。烤着,烤着,哎呀,贤能的陛下,您说我该怎么办,我吃肉的嘴不知丢到哪儿去了!我想来想去,想不出丢的地方。我想呀,想呀,想了好半天,最后禁不住笑了起来。原来我发现,不要说嘴,连头也没有了。我正闭着两眼冥思苦想的时候,一个人来对我说:'爸爸!给,您的头!'

"我睁眼一看,我的儿子把我的头送来了。原来我的头忘在砸冰的井边了,我儿子从井口把它找了回来。尊敬的陛下!您说当时我的心情是多么激动,吃了饭,铺着冰,盖着雪,很快我就睡着了。这一觉睡得可真香甜,不一会儿,就热得我浑身冒汗。

"就在我睡得正美的时候,我忽然听见了打骂的声音。一看,原来是我的两只靴子在那儿血战。只听见那只刚才未擦上油的靴子边打边嘟囔:'把所有的油都擦到你身上了,我一点边儿也没有沾上!'另一只说:'那怎么能怪我呢,只怪你的运气不好!'

"听见它们的争吵,我非常生气,在它们头上给了一指头。教训了它们,又把它们抓回来压在我的褥子下面,防止它们再继续打闹。第二天,我起来穿靴子的时候,发现那只没擦上油的靴子赌气跑了。因为靴子的逃跑,我老婆也难过得死去了。我也真火了,两只脚往留下的那只靴子里一塞就追了上去。

"追着追着,我碰见一个正在一头备着鞍的牛身上种瓜的老头儿。这个老头儿,是一个老农民,他正在牛肩胛骨上种瓜。老头儿见我十分疲惫,从牛肩胛骨上摘下一个瓜来给我。我谢了老头儿,急忙拔刀切瓜。谁知我一刀下去,刀把还在我手上,刀却掉进瓜里了。英明的陛下!您说我失去了刀子还行吗?为了找刀,我急急忙忙从刀口跳进瓜里。我在瓜里转来转去,翻过了无数的高山,涉过了无数的大河,最后好容易发现一个骑马的人。我和那个骑马的人互相问了好,说明了各自上路的缘由。他听说我长途跋涉为了寻找丢失的刀子,竟对我破口大骂起来:'我丢了一群马才勉强上了路,你这个大傻瓜,找那不到一指宽的刀子干什么?'

　　"我听了这个傻瓜的傻话怒不可遏,与他扭打起来。我们直打得满脸鲜血不停地流,满嘴胡须被拔个尽光,浑身上下一点劲儿也没有了,才松开手来吃点纳斯,然后走自己的路。

　　"这一路又不知走了多久。一天,我正走着,忽然前面出现黑压压的一群人。我走近人群一看,原来人们正在给谁祭周年。这可把我乐坏了,心想,我那跑掉的靴子、丢掉的刀子可能都在这儿。我好容易挤进人群一看,果然我那只没有擦上油的靴子正在给人们端肉。它一见我,不但没有再跑,反而端着一盘又肥又香的马肠向我走来,同时当着大伙的面对我说:'你不是没有给过我一滴油吃吗,我却可以给你一盘子肉吃!'说着,把手上的一盘子马肠送到我的面前说:'请吧!'

　　"它的言行使我在众人面前羞得耳朵根子都红了。那次羞辱,我至今还清楚地记得。本来我还要找我丢掉的刀子,当时我不得不放弃了找刀子的想法,我怕找到刀子以后,它会像靴子一样再次使我在大伙面前下不了台。

　　"尊敬的陛下!这就是我亲身的经历。我敢发誓,我说的没有一句是假话!"

　　在孤儿倾吐他"亲身经历"的过程中,国王对孤儿的叙述找不出半点漏洞。当孤儿用"我敢发誓,我说的没有一句是假话"结束了他的谎言以后,国王简直不知道该怎么办。他感到这个孤儿实在厉害,说不定真会娶走自己的独生女儿,有些后悔不该下那样的命令。正在国王后悔的时候,孤儿已经开始了他的谎歌:

高贵的陛下,请您多加原谅,

我这人天生的不会说谎;

我四十九岁那年父母才出世,

由于高兴我炸了肺,脑子也受了伤。

三岁时我就因擅长骑射扬名天下,

用茭茭草箭我曾射死过一千匹野马;

我骑着乌龟追上了兔子,

你不要怀疑,这是千真万确的真话。

未出世我已经是四畜俱全的奴隶,

我曾把全部财产给儿子作了聘礼;

就因为我没有放牧的本领,

我现在成了一头牲畜也没有的巴依。

一出世我就讨厌牲畜。

一把火我把所有的畜群烧了个干净;

连至亲我也没给他们留下一只,

所以我现在是真正穷苦的穷人。

年岁越大我的知识越见少啦,

我的家产也发展到有了一只旱獭;

今年我老婆已整整二十周岁,

二十五年前我们结婚就在她家。

我骑着乌鸦到丈人家中;

赛马时我跨上蚂蚱就往前冲,

无数个女婿我跑了第一，

就这样我在丈人面前显了威风。

我骑着屎壳郎去追牛虻，

整整追了三周又三个月时光；

本来我不打算把它追赶，

都怪我嫂子想吃肉天天叫嚷。

我骑着屎壳郎在草原上迈着方步；

用这样的步子抓了一只飞奔的野兔；

高贵的陛下，您知道这野兔有多肥壮，

一个人抱不到屎壳郎背上我敢打赌。

从丈人家回来我把家具驮在蜻蜓上，

我用酥油捻的套绳把家具捆绑；

蚂蚱的胡须上拴着我骑的骏马，

累得死去活来也没能解开拴着的马缰。

草原上的姑娘就数我老婆能干，

挤两只母兔的奶才用了一个夏天；

说真的那两只母兔的奶子的确不少，

炼出的酥油七个羊肚子也没有装完。

她用蛛丝织了一张厚厚的地毯，

见到那张地毯的人没有不喜欢；

我用它换回来五百只大羊，

请相信，这绝不是我信口胡说。

蛤蟆把姑娘嫁给了蝴蝶，

苍蝇在中间当它们的媒人；

它们宰了一只很肥的蚂蚁，

举办盛大的喜宴把客人酬谢。

我砍了根苇子做套马杆，

割了把芨芨草当柱和椽；

别看茅草的个子矮，

它可是赶牲口的好马鞭。

头年我的红种马下了只灰狼，

尊贵的陛下，您砍我的头我也绝不说谎；

我的二百只公山羊都下了羊羔，

尊贵的陛下，您说说我当时多么悲伤。

我一口袋一口袋地给朋友送去真话，

我看见的苍蝇比野鸭子还要肥大；

我看见一千个人骑着一只老鼠，

老鼠一跳，把他们摔在地上乱滚乱爬。

我在雪山顶上修了个畜栏，

那畜栏足够圈大畜好几千；

因为洪水经常冲击这个山顶，

我才下决心不再在山顶修建棚圈。

吹好的干羊肚在椽子上挂，

只有我这样最有劲儿的摔跤手才能挪动它；

我把它放在公骆驼的背上，

哎呀呀，公骆驼一下子就被干羊肚压死啦！

我用牛虻的唾沫搓成套马索，

我舂麦子的白是鸟蛋壳；

用苇草我建了几栋高楼大厦，

用鸟爪子我做了一只烧奶子的锅。

我的嘴太笨，怎么也学不会说谎话，

我的马胆小，兔子的影子它都害怕；

去年我发现一口锅装不下一只蚊子的肉，

从此我一个人再不把蚊子宰杀。

我把一顶大毡房搭在树梢上面，

树梢上还空下了好一片辽阔的草原；

一只虱子突然从我身上逃跑了，

抓住它我整整骑马追了八年。

冬天种下去黄铜春天收割了黄金，

孩子的学识最渊博经验也超过成人；

我从来不会说谎说的话句句是真，

我用四十匹马为聘把女儿嫁给了鹌鹑。

啊，陛下，我再告诉您一件真的事情，

夏天我烧的柴火是又干又脆的冰激凌；

去年今天我用冰激凌生的火，

今年还在燃烧而且火势逼人。

啊,陛下,您说什么我也绝不说谎,

一只乌鸦叼走了一只肥大的公羊;

看,那个苍蝇的蹄子多么厉害,

一蹄子就踢死了一个十八岁的姑娘。

我的马一脚踏出来一个辽阔的血海,

在那个血海里我把一条鲸鱼钓了出来;

鲸鱼的毛我搓了几十盘长长的毛绳,

鲸鱼的头壳我做了个装纳斯的口袋。

有一年敌人入侵我的家乡,

我跨上乌龟忙飞奔到战场;

小苍蝇是我最得力的助手,

我们骑蝴蝶去追逃跑的豺狼。

说谎的人我最不喜欢,

我这人就从不说一句谎言;

一棵马莲我做成一副金鞍子,

用六根苇子我撑住了整个蓝天。

一个啄木鸟的心我吃了四顿,

那是我这辈子吃的最饱的四顿您信不信?

昨天我吃了肉今天就感到噎,

一根羊骨头在我的嗓子里卡了五年整。

因为我从不说谎人们都尊重我,

高贵的陛下,还有件事一定得给你说说:

麻雀前几天侵占了我们的阿吾勒，

喜鹊抓走了我们牧放的白天鹅。

我用黄金给老鼠钉了掌，

我割下老鼠尾巴做了一家人的衣裳；

整天在阿吾勒串门的蝴蝶，

是我给它们换上了节日的盛装。

一张蚊子皮我做了十五个装马奶的皮袋，

一皮袋马奶十五个小伙子也抬不起来；

看起来蚊子皮不适合派这个用场，

那以后我再不用蚊子皮口袋去装马奶。

我骑着乌龟飞上天空，

飞着飞着碰上了狂风；

狂风刮跑了无数的人畜，

我幸亏抓住根枯草才没把命送。

我的高轮车是蚂蚁驾辕，

健壮的蚂蚁像峨嵋的大山；

为了把辕木驾在蚂蚁的脊背，

我差点没有累死在蚂蚁身边。

说我有劲儿，陛下您可能不信，

不信，我随便举个例子给您听听！

世界上最重的莫过于吹好的干羊肚，

我一个人就能把干羊肚的口子扎紧。

羊一样大的虱子我一下就扔进了火塘，

我赶着蚂蚁像羊群一样牧放；

每天我要为五只旱獭上驮，

这样难的活儿，谁有我干的那么漂亮。

一根蛤蟆骨头有四十尺长。

一只狐狸骨头够四十车装；

一只麻雀四十个客人没吃完，

还剩下来四十盘子肉和四十海碗汤。

我披着破毡去参加国王的婚礼，

见国王正伤心地在喜宴上哭泣；

我给国王搔了痒痒他才说了实话，

原来他爱上了魔鬼想做她的丈夫。

怀驹的母马我拴在冰山上牧放，

那可是最好的放母马的地方；

请相信我这人从来不会说谎，

那母马下的驹一匹比一匹健壮。

英明的陛下，我说的都是真情实景，

您听了一定会感到十分吃惊；

我亲眼看见跳蚤摔死了狗熊，

因为狗熊不答应跳蚤和国王结婚。

英明的陛下，如果您认为我前面说的都是假话，

那么这一句我敢保证无半点虚假；

昨天我参加了杀蚊子为国王祭周年的宴会，

一张蚊子皮做了五个酿酸奶的沙巴。

英明的陛下，我的歌到这儿整四十段，

我敢发誓没一句是信口胡言！

不知我的歌是否能使您感到满意，

您是不是还想要我再唱上几天？

国王听着孤儿油一样流出口的谎歌，觉得有的简直就是直接在骂自己，但又抓不住丝毫话把，又急又气又毫无办法。听了孤儿最后一段歌以后，他怕孤儿再往下唱，只得连连点头表示满意。这时在一旁听孤儿唱歌的群众，见国王挑不出孤儿的谎言、谎歌的毛病，齐声向孤儿欢呼起来，赞叹孤儿的勇敢和智慧，要求国王履行自己的诺言。国王在欢腾的群众面前没有别的办法，只得把自己的独生女儿嫁给了孤儿，又给了孤儿大量牲畜财产，从此再不敢肆意耍弄百姓。孤儿就这样战胜了国王。

叶尔吐斯特克勇士

很早很早以前,有个名叫叶尔那扎尔的老汉。老汉生活得非常美满,有八个壮实的儿子,四类牲畜也俱全兴旺。一年冬天,叶尔那扎尔的家乡发生了特大的雪灾。乡亲们都把畜群赶到很远的地方躲避,叶尔那扎尔的八个儿子也赶着家里所有的牲畜出去了。第二年,乡亲们又纷纷赶着畜群回到自己的家乡,可是叶尔那扎尔的八个孩子却一个也没有回来。

日子一天一月的过去,一年过去了又是一年。三年以后,出去避灾的乡亲们都回来了,可是叶尔那扎尔的八个孩子还是一个也没有回来。八个儿子一个也没有回来,四类牲畜全没有了,叶尔那扎尔老两口经常吃了早饭没有晚饭,有时甚至饿得都起不来床。这天,叶尔那扎尔老两口又因为一整天没进一口食,饿得倒在床上。快中午了,老太婆想再找邻居借点吃的,挣扎着起来拉开毡房的天窗。她刚把天窗拉开,躺在

床上的叶尔那扎尔忽然发现天窗上挂着一大块马胸肉。见到这一大块马胸肉，老汉高兴极了，忙叫老伴："哎，老婆子，恭喜你呀！你一拉开天窗，天窗上就出现了那么大一块又肥又厚的马胸肉。你快来……"

他的老伴正在毡房外拴着顶毡的长绳，听了叶尔那扎尔的话，没好气地打断他："我看你是饿昏了！马肉、牛肉，还有马颈、马肠哩！这天窗我一天不知道要看几次，会挂着一大块马胸肉？……"

叶尔那扎尔听见老伴的唠叨，开始怀疑自己是不是眼花了。他揉了揉眼睛再看，不错，是一大块肥厚的马胸肉，于是一面站在元宝床上取下马胸肉，一面对老伴说："你胡叨叨些什么，我都拿在手上了你还不相信吗？快进来生火煮肉吧！"

老太婆煮了这一大块肥厚的马胸肉，老两口美美地吃了一顿。说来奇怪，这顿马肉吃下去后，老两口竟像返老还童了似的，容光焕发，精力倍增。更奇怪的是自从吃了那块马胸肉，叶尔叶尔那扎尔六十多岁的老伴儿竟然怀孕了，而且很快就生了一个儿子。老两口感到这个儿子来之不易，又加之是他们吃了马胸肉以后怀的孕，所以给孩子取名叶尔吐斯特克。

叶尔吐斯特克生得稀罕，长得更是特别。刚生下来，叶尔吐斯特克就像一岁的孩子。一个月以后，他就会走路。两个月以后，他就会说话。一年以后，叶尔吐斯特克就像十五六岁的小伙子一样魁梧健壮。他不但身材魁伟，而且力大无穷。摔跤，他摔倒了所有敢和他摔的对手；射箭，他一箭能射穿九层厚的铁板。一岁的时候，叶尔吐斯特克已经是一个技艺娴熟的猎手了，一天获得的猎物足够维持一个阿吾勒的人的生活。

一天，叶尔吐斯特克在阿吾勒见到一只非常好看的小鸟。他刚想把小鸟抓来玩，小鸟一展翅飞了。叶尔吐斯特克跟在小鸟后面追了上去，追着追着，不小心把一个正织着毛袋的老太婆的毛线碰断了。老太婆见叶尔吐斯特克碰断了毛线，生气地骂他："该死的孩子！有抓鸟的工夫，为什么不去找你那八个在外乡流浪的哥哥？"

叶尔吐斯特克对老太婆的喝骂本来不怎么在意，可是听到"八个在外乡流浪的哥哥"这句话感到十分奇怪。他根本没听说过自己有哥哥，他的父母也从来没有向他提起过八个哥哥的事。叶尔吐斯特克无心追鸟了，闷闷不乐地回到家里。到家以后，他母亲见他垂头丧气的样子，急忙问他："你怎么啦，孩子？谁欺负你啦？"

叶尔吐斯特克把老太婆骂他的话告诉了母亲，然后说："我的八个哥哥都在哪里？他们为什么不回家？我去把他们找回来！"

老太婆听叶尔吐斯特克提起不知死活的八个孩子，十分难过。等叶尔吐斯特克说要去找他的哥哥，怕他真的耍孩子脾气离开他们，忙对叶尔吐斯特克说："孩子！你都胡说些什么？你从来没有什么哥哥。那个该死的老婆子嫌你碰断了她的毛线，故意臊你哩，快别听她的！"

叶尔吐斯特克见母亲说得很认真，没有再问。过了几天，叶尔吐斯特克和阿吾勒里几个小伙子摔跤玩。几个小伙子知道叶尔吐斯特克力气大，想合在一起把他摔倒。结果几个小伙子使出全身力气也没有摔倒叶尔吐斯特克，叶尔吐斯特克轻轻一推，却把几个小伙子全推倒了。其中一个小伙子倒下时，头刚好碰在一块尖尖的岩石上，被碰死了。那

个死去的小伙子的母亲抱着孩子的尸体哭喊着骂叶尔吐斯特克："你这个该死的东西，有力气在阿吾勒逞能，为什么不去找你在外乡流浪的哥哥？你有本事为什么不去把他们找回来？就是他们在外面死了，你找回几根骨头，也算你有能耐！"

老太婆这些谩骂，使叶尔吐斯特克感到特别难受。他把老太婆的谩骂告诉了自己的母亲，最后说："妈妈！你不要再瞒我了，快告诉我哥哥们的真实情况，我好去把他们找回来！"

母亲知道再瞒不过去了，便对孩子说："哎，我可怜的孩子！你是有过八个哥哥。几年前，咱们这儿发生了大雪灾，他们赶着家里的畜群到外地避灾，至今没有回来。"

叶尔吐斯特克为两个老人准备了足够的肉干、柴火，决心去寻找自己的哥哥。他手执铁棒，脚穿铁鞋，带上铁弓铁箭上路了。一路上，铁棒铁鞋是他的伴侣，白天帮他行路，晚上伴他睡觉。一路上，铁弓铁箭是他的食物，饿了用它们猎取野兽，渴了用它们摘取野果。叶尔吐斯特克在路上走了一年又一年，翻过了无数高山，涉过了无数大河，手上的铁棒磨成了针一样细，脚上的铁鞋磨得像树叶一样薄，可是却没有找到他的八个哥哥。

一天，叶尔吐斯特克正在草原上走着，发现前面的山峦到处闪烁着彩色的光芒。看见这闪烁的光芒，叶尔吐斯特克有些奇怪，加快了脚步向山峦走去，想尽快知道那闪光的东西都是什么。他走近了山峦，原来那闪闪发光的东西，是山峦上数不清的马群。马群里有各色骏马。这些骏马，一匹比一匹矫健、活泼、色泽绚烂。各色马群在阳光下奔腾，使山峦闪耀着奇异的光彩。叶尔吐斯特克从没有见过这样多、这样好的马,忙向山上一个最大的阿吾勒走去,想打听打听这些马群都是谁的。他走进阿吾勒,阿吾勒里正在举办喜宴。叶尔吐斯持克衣衫褴褛,满身污垢,像个十足的要饭的流浪汉,办喜事的人们谁也没有理睬他。他在阿吾勒里转了一圈,见没人理他,就绕到做饭的毡房前,想先要点吃的。刚一到,就听见一个做饭的女人对一个送饭的小伙子说:"这是盘最好的马颈肉,送到叶尔叶尔那扎尔八个儿子的毡房去,别送错了!"

叶尔吐斯特克一听说"叶尔那扎尔的八个儿子",想向他们打问,可是做饭的女人和送饭的小伙子都不答理他。他有些生气了,但没有发火,只是跟在小伙子后面,打算先去看看那些人到底是不是他的八个哥哥。到了毡房前,只见毡房门口站着十几个剽悍的大汉挡住叶尔吐斯特克,不让他靠近毡房门口。叶尔吐斯特克刚走到他们跟前还未说话,大汉们就上来赶他:"去,去! 你这个要饭的家伙,怎么跑到这儿来了? 没有吃饱,到做饭的地方去,这不是你来的地方!"

叶尔吐斯特克对他们这种冷淡异乡人的态度,再也忍不住了,一把抓起其中一个大汉当作棒子,几下打翻了来赶他的大汉们。人们都围上来了,可是谁也不敢靠近叶尔吐斯特克,只在一边叫骂。这时从毡房里走出八个人来,制止住人们的叫骂问叶尔吐斯特克:"英雄的小兄弟! 你从哪儿来? 打算干什么去? 有什么话请给我们说,不要伤害这些无知的人。"

叶尔吐斯特克扔掉手中当棒使的大汉说:"我是叶尔那扎尔的儿子,从我的家乡来。我的目的是寻找我失去的哥哥——叶尔那扎尔的

八个儿子。"

八个人听了叶尔吐斯特克的话，一齐拥上去抱着叶尔吐斯特克喊着"我生命一样的兄弟"恸哭起来。叶尔那扎尔的九个儿子见面了。哭了一阵，叶尔吐斯特克的八个哥哥将叶尔吐斯特克让进毡房，一面设宴给弟弟洗尘，一面把他们离家后这些年的情况告诉弟弟。原来叶尔那扎尔的八个儿子赶着出来避灾的牲畜，离开家乡以后不久，除了一匹红母马，其他的全部死在了路上。他们八个人也差点死在路上。最后，多亏那匹唯一的红母马把他们兄弟八个带到现在居住的地方。又从一匹母马发展成无数马群，八个小伙子也成了这一带最富裕的巴依。他们几次想赶着马群回自己的家乡，可是马群怎么也不愿离开这个地方，最后，他们只得在这儿定居下来。

叶尔吐斯特克了解了哥哥们的情况，也把家乡的情况告诉了他们。九弟兄决定立即赶着马群回自己的故乡，可是不管他们怎么赶，马群就是不离开山峦。最后叶尔吐斯特克想出一个办法，把那匹从家乡赶来的红母马抓来，拉着红母马向家乡走。红母马一路走一路嘶鸣。听见红母马的嘶鸣，所有的马群都跟上来了。就这样，叶尔吐斯特克兄弟九人顺利地把马群赶到了家乡。

到家以后，叶尔那扎尔老两口高兴得流下了眼泪，立即杀马宰羊，请所有的乡亲来参加庆贺宴。庆宴上有几家人向叶尔那扎尔老汉提出来要给九个儿子说亲，叶尔吐斯特克对他的父亲说："爸爸！我们弟兄九个是同一个母亲的孩子，我们的妻子最好也出生在同一个家庭。"

叶尔吐斯特克的八个哥哥都赞同叶尔吐斯特克的话。叶尔那扎尔老汉知道出生在同一个家庭的九个姑娘实在难找,但是孩子们既然这样要求,他也不好回绝。庆宴过后,他立即骑马到草原各地去为孩子们找媳妇。叶尔那扎尔老汉转遍了整个草原,找遍了草原上所有的毡房,也没有找到一个有九个姑娘的人家。最后,老汉灰心了,决定回去劝孩子们改变主意。路上,他到一个毡房去借宿,发现毡房的椽子上挂着一串耳环。看见这一串耳环,叶尔那扎尔老汉心头一惊,不由得紧张地数了起来。数完,他伤心地哭了。主人见叶尔那扎尔忽然哭起来,忙问他遇到什么伤心的事了。叶尔那扎尔老汉叹了一口气说:"哎,老姐姐!不瞒你说,我是专为我几个儿子找媳妇来的。我的九个儿子是一母所生,早该娶媳妇了。可是,他们一心要娶一母所生的姑娘。我找遍了整个草原,也没找到一户有九个姑娘的人家。刚才我见你们的毡房上挂着一串耳环非常高兴,可是一数只有八副。哎!"说着,又伤心地哭了起来。

主人听了叶尔那扎尔老汉的话又惊又喜,忙对叶尔那扎尔说:"真有这样的事吗,老兄弟!如果真是那样,你快别难过了,还有一副耳环单另放着呢!"说着,从箱子里又取出一副耳环来。"这是我们最小的女儿的。我的小女儿最聪明、最贤惠。从小跟她父亲学得了各种知识,与她八个姐姐都不一样,所以她的耳环单另放在一个地方。"

叶尔那扎尔老汉听了老太婆的话,看见她手上那副闪光的耳环,高兴得叫了起来:"哎呀,老姐姐!看来我们结成亲家是肯定的了!你不知道,我那九个儿子也和你这九个姑娘一样,最小的一个最聪明、最能干。虽然我没有什么本领可以教他,但他英雄的行为早已在草原上传遍了。咱们就一言为定吧,我马上回去带孩子来迎亲!"就这样,叶尔那

扎尔为九个儿子订好了亲。

一年以后，叶尔那扎尔带着他的九个儿子到了亲家的阿吾勒，姑娘的父母为孩子的出嫁举办了三十天贺宴，四十天婚礼。叶尔那扎尔的九个儿子成了亲，叶尔吐斯特克娶了最年轻、最聪明、最有才能、也最美丽的克尼杰克依。婚礼以后，叶尔那扎尔准备带儿子、媳妇回家了。姑娘的父母为女儿准备了丰厚的嫁妆，叶尔吐斯特克的妻子——聪明的克尼杰克依不愿要父母给的大批马、驼、牛、羊，打发人去对她的父亲说："父亲真心爱他的女儿，应该把那匹沙里库克战马，那峰白母骆驼，还有那副黄金盔甲送给他女儿，当作女儿的陪嫁。"

父亲听了女儿的要求，一时没有转过弯来，认为女儿太不知足了，对来人说："你去告诉克尼杰克依，叶尔那扎尔家的财产足够她一辈子吃穿。她要我的沙里库克战马有什么用，已经出嫁的姑娘能再骑它吗？黄金盔甲是祖先传下来的珍宝，怎么能传给姑娘？白母骆驼也不能给她。她虽说是我最心爱的女儿，也不能为争嫁妆把我的心刺伤！"

克尼杰克依知道父亲误会了自己的意思，亲自去找老人："爸爸！您常说沙里库克战马只有真正的勇士才配骑，白母骆驼只能给真正的勇士驮东西。我要它们的目的，是把它们给像您一样真正的勇士。黄金的盔甲也是给您英雄的女婿。您一生只有九个女儿，难道女婿不能做您英雄业绩的继承者？"

老英雄被女儿说服了，把那三件珍宝给了女儿，为勇士叶尔吐斯特克装上了钢铁的翅膀。他告诉女儿："你们回去的时候要路过苏尔泉，记住，千万不能在那儿过夜。在那儿过夜会给你们夫妇带来灾难的！"

　　叶尔那扎尔老汉带上儿子、媳妇和大批牲畜财产上路了。一天,他们在路上看见一顶高大的白毡房,这顶白毡房是魔王的女儿白克吐尔的。白克吐尔在叶尔吐斯特克与克尼杰克依结婚的喜宴上见叶尔吐斯特克年轻、英俊,看上了叶尔吐斯特克,想把他夺过来与自己成亲。她知道新婚的叶尔吐斯特克深深地爱着克尼杰克依,克尼杰克依也深深地爱着叶尔吐斯特克,要分开他们是不可能的。可是,自从她见到叶尔吐斯特克以后,怎么也忘不了他,总想把他从克尼杰克依怀里夺过来。最后,她决定在叶尔吐斯特克他们回家的路上先把克尼杰克依除掉。

　　白克吐尔等克尼杰克依走近毡房时,从毡房里迎了出来,对克尼杰克依唱起了这样的歌:

　　　　　　你赢得了勇士叶尔吐斯特克的宠爱,

　　　　　　我祝贺你,克尼杰克依!

　　　　　　你骑上了沙里库克战马,

　　　　　　我祝贺你,克尼杰克依!

　　　　　　你驮东西的骆驼都是白色的,

　　　　　　我祝贺你,克尼杰克依!

　　　　　　你的勇士披戴着黄金的盔甲,

　　　　　　我祝贺你,克尼杰克依!

　　　　　　你如今是世界上最幸福的人,

　　　　　　我祝贺你,克尼杰克依!

　　　　　　你如果看得起我的话,

我祝贺你,克尼杰克依!

你不嫌我的毡房矮小的话,

我祝贺你,克尼杰克依!

请到我的毡房里做客吧,

我祝贺你,克尼杰克依!

克尼杰克依识破了白克吐尔的诡计,没有进她的毡房,用歌回敬了她:

白克吐尔,我知道你是谁家的姑娘,

你不要用这些动听的话来把我赞扬。

勇士叶尔吐斯特克非常爱我,

他也是我心中唯一的太阳。

我骑的是矫健的沙里库克战马,

我就是喜欢骑自己的战马。

我的勇士披戴的是黄金的盔甲,

他也就是爱披戴自己的盔甲。

我是世界上最幸福的人,

不过我并没有做伤害你的事情。

我不会到你的毡房里去做客,

你的蜜汁迷不住我纯洁的心!

　　白克吐尔听了克尼杰克依的歌，知道自己十几天的苦心被克尼杰克依识破了，牙齿咬得咯咯直响，望着渐渐远去的克尼杰克依的背影说："哼，克尼杰克依，走着瞧吧，我要让你成为世界上最不幸的人！"

　　一天，叶尔那扎尔和他的儿子、媳妇来到了苏尔泉边。因为好长时间没有看到这样清澈的泉水了，叶尔那扎尔老汉想在这儿休息几天。克尼杰克依听说要在苏尔泉边住下，忙打发人去给公公说："尊敬的父亲！我们另外找个地方休息吧！这儿水草虽好，我担心会遇到什么不幸的事情。"并把前几天遇见魔王的姑娘白克吐尔的事告诉了叶尔那扎尔老汉。

　　谁知老汉听了媳妇的话不以为然："还没跨进我们家毡房门的儿媳妇，就管起搬家和住地来了吗？"

　　叶尔那扎尔老汉没有听儿媳妇的劝告，决定在苏尔泉边下毡房。公公一发话，儿媳们连忙看地方、卸骆驼。媳妇们刚把骆驼驮子打开，还来不及撑起毡房架子，晴朗的天空忽然昏暗下来，同时刮起了漫天的狂风。一会儿，狂风就带来了拳头大的冰雹。风暴冰雹吹打得人畜四处奔逃。克尼杰克依在她的姐姐们还没有解下骆驼驮子的时候，已经撑好了毡房的架子。在狂风还没有刮来的时候，已经盖好了毡房的顶毡。等冰雹袭来时，克尼杰克依已经把茶烧好来请叶尔那扎尔老汉到她毡房里去喝茶了。当狂风、冰雹打得人畜四散躲避的时候，叶尔那扎尔老汉在克尼杰克依的毡房里不由得暗暗佩服他这个最小的媳妇的见识和能干。

第二天，狂风停了下来。叶尔那扎尔老汉和九个孩子好容易才把四散的牲畜找回来。一查牲畜，除去被冰雹打死的之外，克尼杰克依陪嫁的那峰白母骆驼不见了。叶尔吐斯特克准备到更远的地方去找骆驼。叶尔那扎尔老汉觉得因为自己未听媳妇的劝告，丢了媳妇的陪嫁，便叫住儿子，决定亲自去找。他骑着马顺着苏尔泉来到一条河边，见克尼杰克依的白母骆驼被拴在河边一棵柳树上了。柳树旁边坐着一个面无血色的老太婆。叶尔那扎尔老汉在马上对老太婆说："老姐姐！这是我们家丢失的骆驼，请您帮我把它的缰绳解一下！"

老太婆看了叶尔那扎尔老汉一眼，一动不动地说："是不是你丢失的骆驼我不知道，只是我坐下了就起不来，起来了就坐不下，不能帮你这个忙。是你们家的骆驼，你就下来解吧！"

叶尔那扎尔老汉没法，只得跳下马来。刚一下马，老太婆倏地扑上来把他打翻在地，两只手死死掐住了他的脖子。叶尔那扎尔老汉子急忙进行反抗，可是他越挣老太婆的两只手掐得越紧。最后，叶尔那扎尔老汉被掐得一点力气都没有了，他的生命已快到了鼻子尖上。这时，他明白自己遇到了妖婆，除去乞求之外，再没有别的办法了。于是，也不顾自己是勇士叶尔吐斯特克的父亲，向妖婆唱起了求饶的歌：

我刚给九个儿子娶了媳妇，

还没把儿子、媳妇送回家乡。

我带来的聘礼还剩下不少，

您需要什么只管请讲！

谁知妖婆根本不理他。叶尔那扎尔老汉只得再次向妖婆乞求：

> 您嫌剩下的聘礼不多，
>
> 再加上媳妇们陪嫁的骆驼。
>
> 您想要多少就拿多少吧，
>
> 只求您放开我，快放开我！

妖婆听了叶尔那扎尔的话，说了声："不行！"
叶尔那扎尔老汉忙又唱道：

> 草原上还有媳妇们陪嫁的羊群，
>
> 我愿用它们来赎还我的生命。
>
> 这下您该感到满意了吧，
>
> 快放开我吧，我求求您！

妖婆还是说不行。叶尔那扎尔老汉只得再次增加赎命的牲畜，
唱道：

> 如果这些您还觉得不行，
>
> 那森林里还有无数陪嫁的马群。
>
> 从现在起它们也算是您的财产，

只要您饶了我这一条老命！

尽管叶尔那扎尔老汉不断增添牲畜，妖婆非但没有放他，反倒把他的脖子掐得更紧了。

叶尔那扎尔老汉想了想，又对妖婆唱道：

　　您不愿意要我的畜群，

　　我把八个媳妇送给您。

　　这下您该感到满意了吧，

　　难道还不愿还我的生命？

妖婆说："不行！不能放了你！"

叶尔那扎尔老汉一听，忙唱道：

　　八个媳妇换不了我一条老命，

　　再给您一个姑娘吧，您准高兴！

　　她的皮肤像鸡肉一样白净，

　　她的声音像草原上善唱的百灵。

　　她比那八个媳妇都要聪明，

　　她的才干赛过了所有的人。

　　她的名字叫克尼杰克依，

　　　刚刚和我最小的儿子结婚。

　　　我把她也送给您做奴隶，

　　　只求您饶了我一条老命！

可是，妖婆还是不放他。

叶尔那扎尔老汉第七次向妖婆乞求：

　　　给九个儿媳您还不满意，

　　　我的八个儿子都力大无比。

　　　只要您留下我一条性命，

　　　我让他们都当您的奴隶！

　　妖婆听叶尔那扎尔老汉答应把八个力气很大的儿子给她，没有
说话，只是把掐脖子的手紧了紧算是回答。

　　叶尔那扎尔老汉一点办法都没有了，眼看就要被妖婆掐死，只得向
妖婆作最后的哀求：

　　　身外的一切换不了我的生命，

　　　现在我答应把我的命根子给您。

　　　我还有一个最小的孩子，

　　　他是一个特殊的人。

我曾把他看作我的命根，

我曾把他当作我飞行的翅膀，

我曾把他看作我生活的明灯。

他的名字叫叶尔吐斯特克，

草原上没有人不知道他的威名。

我把他也送给您，

只求您饶了我一条性命！

妖婆听了叶尔那扎尔老汉这最后的乞求，问他："你怎么把叶尔吐斯特克给我送来？"

叶尔那扎尔老汉一听有希望了，忙说："我的褡裢里有一块克尼杰克依给叶尔吐斯特克定情的磨刀石，我的孩子一天也离不开它。我把孩子最心爱的磨刀石留在您这里，他会来找的。他来时你把他抓住就行了。"

妖婆放开了叶尔那扎尔老汉。叶尔那扎尔老汉把磨刀石取出来放到妖婆面前，不安地牵着骆驼回到了孩子们的身边。回来以后，叶尔那扎尔老汉对谁也没有提起妖婆的事，尤其是叶尔吐斯特克和克尼杰克依，甚至都不敢见到他们。叶尔那扎尔老汉的心事，聪明的克尼杰克依一眼就看出来了，特别是老汉一回来就急急忙忙催着离开苏尔泉，克尼杰克依更像是亲耳听到了老汉向妖婆乞求的歌。聪明的克尼杰克依知道灾难即将落到自己头上，十分伤心，从此不让叶尔吐斯特克进她的毡房。一连几天，叶尔吐斯特克白天赶路，晚上却没有地方睡觉，他

100

对妻子的变化很是奇怪,不知道她这是干什么。这天晚上,叶尔吐斯特克把克尼杰克依的变化告诉了嫂子们,请嫂子们帮他叫克尼杰克依开门。门叫开了,叶尔吐斯特克一把将克尼杰克依拉到自己怀里。这时,克尼杰克依突然从地毯下面抽出两把刀来,一把的刀尖对着自己的胸脯,一把的刀尖对着叶尔吐斯特克:"你不要靠近我,不然我们都会马上死去的!"

叶尔吐斯特克更感到奇怪了,问她这是为什么。克尼杰克依这时才对叶尔吐斯特克说:"你的父亲在苏尔泉已经把你送给魔王的女儿——女妖白克吐尔了,现在你已经不是我的丈夫了。除非你去找回我作为婚证给你的那块磨刀石,否则我再不能和你共同生活,我们也不可能过上幸福的生活了!"

叶尔吐斯特克根本不相信克尼杰克依的话:"亲爱的妻子,你在胡说些什么!我父亲怎么会把我送给魔王的女儿。你给我的那块磨刀石,我看得比我的生命还要宝贵,一直保存在父亲的褡裢里。它在父亲的褡裢里好好地放着,你还要我去找什么?"

克尼杰克依说:"还在你父亲的褡裢里好好地放着哩,你明天去问他要就知道了!"

第二天一早,叶尔吐斯特克去问父亲要磨刀石。叶尔那扎尔老汉慌了,假装在自己的褡裢里翻着,找了一阵又支支吾吾地说:"哎呀!怎么没有了呢?前两天我还见它来着。啊,不!可能掉在哪儿了,我看见它是好几天以前的事了。啊,对了!在苏尔泉找那峰该死的骆驼时,我在河边一棵柳树下休息,曾用它磨过我的小刀,可能是,可能是掉在那

儿了。"

　　叶尔吐斯特克见父亲吞吞吐吐的,好半天没有说出个名堂,知道妻子的话是真的了,生气地离开了父亲,抓上两匹骏马打算立即去苏尔泉边找磨刀石。克尼杰克依知道叶尔吐斯特克一个人要到苏尔泉去,想到他将会遇到的艰险,又难过又担心,忙把叶尔吐斯特克找来。对他唱了这样一首深情的歌:

　　　　亲爱的叶尔吐斯特克啊,我头上的星星!

　　　　亲爱的叶尔吐斯特克啊,我眼前的明灯!

　　　　父亲经不起妖婆的威逼,

　　　　把亲生的儿子送给了敌人。

　　　　你可知道由于父亲一时的过错,

　　　　落在儿子头上的将是怎样的厄运?

　　　　你将受到的磨难我难以细讲,

　　　　你将受到的磨难我甚至不敢想象。

　　　　仅仅你来回的路上,

　　　　你必须要通过的地方,

　　　　就有鸟兽绝迹的荒漠,

　　　　雄鹰也难飞过的海洋。

　　　　你准备骑走的一匹花骏马,

　　　　虽说是一匹久经征战的骏马,

但它也是母马下的马驹，

难以克服女妖施展的魔法，

一路上它坚持不了六天，

蹄子就会磨烂,骨架也会拖垮！

你准备骑的另一匹黄骏马，

虽说也是一匹驰骋疆场的战马，

但它也是母马下的马驹，

不能抵御女妖施展的魔法，

一路上它坚持不了七天，

蹄子也会磨烂,骨架也会拖垮！

亲爱的叶尔吐斯特克啊,我头上的星星！

亲爱的叶尔吐斯特克啊,我面前的明灯！

你是否记得我们离家时的情景，

记得我父亲给我嫁妆时的情景，

我拒绝了父亲的牲畜财产，

只要了三样东西作我的陪嫁品。

我要了父亲的沙里库克战马，

它不是一般的战马，

它是勇士的翅膀，

只有真正的勇士才配骑它，

　　它会帮助你战胜一切困难，

　　亲爱的叶尔吐斯特克，请你骑上它！

　　我要了父亲的黄金盔甲，

　　它不是一般的盔甲，

　　它是勇士的同伴，

　　只有真正的勇士才配披戴它，

　　它会帮助你克服一切困难，

　　亲爱的叶尔吐斯特克，请你披戴它！

　　叶尔吐斯特克听了克尼杰克依的歌非常激动："亲爱的克尼杰克依，你真是我的好妻子！你放心好了，不管遇到什么样的艰难险阻，我一定找回你给我的磨刀石！在我没有回来以前，希望你多多保重自己，不要为我担心！"说完接过克尼杰克依给他的黄金盔甲，牵过克尼杰克依给他的沙里库克战马，准备上路。

　　克尼杰克依在叶尔吐斯特克出发这天，把白母骆驼抓来与种骆驼配了种："让白骆驼给我预兆吧，白骆驼产羔那天，要不就是我的叶尔吐斯特克胜利归来，要不就是叶尔吐斯特克英勇牺牲！"

　　克尼杰克依在叶尔吐斯特克出发这天，还用十二尺长的丝绸缠在自己的腰上，她说："让腰上缠的丝绸给我预兆吧，在我的叶尔吐斯特克胜利归来那天，要不就是叶尔吐斯特克英勇牺牲那天，我腰上缠的丝绸松开！"

　　勇士叶尔吐斯特克上路了。他披戴着克尼杰克依给他的黄金盔甲上路了，他骑着克尼杰克依为他备好鞍的沙里库克战马上路了。在远离了自己的亲人以后，叶尔吐斯特克骑的沙里库克战马突然说起了人话。它对叶尔吐斯特克说："英雄的勇士叶尔吐斯特克！为了夺回你失去的幸福，我们远离亲人，踏上了艰险的征途。克尼杰克依把我交给你，从那时起我们的命运就紧紧地连在一起。有什么欢乐我们将共同分享，有什么灾难我们也将共同承担。我知道你是有进无退的英雄，但是你可知道你所要找的磨刀石在什么地方，你要用什么样的方法才能得到它？"

叶尔吐斯特克听见战马说话又惊又喜，忙对它说："亲爱的朋友！克尼杰克依把你交给我，克尼杰克依也把我托付给了你。她知道我是有进无退的勇士，她也知道你是能帮助我的神驹。快告诉我你所知道的一切吧！让我们早一点回到克尼杰克依的身旁！"

沙里库克战马说："拿走你磨刀石的是白克吐尔派来的妖婆。白克吐尔想把你从克尼杰克依手里夺走，让你去给她放牧，所以派那个妖婆来抓你。那个老妖婆先在苏尔泉边抓了你的父亲，逼着你父亲把你送给她。你父亲经不起妖婆的威逼，把你的磨刀石给了她，你去找磨刀石就会被她抓住。要知道那个妖婆日夜守卫在磨刀石旁边，就是睡觉的时候也用一只眼睛死死地盯着磨刀石。你要想拿那磨刀石，必须设法让她最少眨一下眼睛。趁她眨眼睛的时候，我会迅速地卧下，这时你赶快把磨刀石取上来。等你拿上磨刀石，我会立即驮着你摆脱妖婆的追赶。不过，在我奔跑时，无论背后发生什么情况你都不能回头，注意抓好缰绳，不然我们会遇到更大的危险。"

　　叶尔吐斯特克装扮成一个异乡的流浪汉来到妖婆跟前,对她说:"呵,好心的大娘!您背后送饭来的那个漂亮姑娘是您的女儿吗?她的饭做得真香啊,能给我这个赶路的人吃一些吗?"

　　妖婆根本没有想到眼前这个要饭的小伙子就是自己要抓的人,听了他的话觉得有些奇怪,自己哪来什么漂亮姑娘,还以为是魔王的女儿白克吐尔来了,忙扭过头去察看。就在妖婆扭头寻找白克吐尔的瞬间,沙里库克迅速地卧了下来。也就在沙里库克卧下的同时,叶尔吐斯特克从地上一把将磨刀石抓到手里。他刚把磨刀石拿到手上,沙里库克战马已腾身起来,撒开四只银蹄,闪电一样离开了苏尔泉。沙里库克刚一起步,妖婆已发现自己上了叶尔吐斯特克的当,气得牙齿咬得咯嘣咯嘣的直响,从肺里发出隆隆的呼声,怪叫着大骂起来:"好哇,叶尔吐斯特克,原来是你!诡计竟耍到我的头上来了,还想跑哩。看你能跑出我的手心!"一面叫骂着,一面撩起裙子追了上去。

　　叶尔吐斯特克在前面跑,妖婆在后面追。一会儿,他们跑过的地方高山崩塌,平地下陷,毡房大的巨石满天乱飞。妖婆见叶尔吐斯特克越跑越快,他们之间的距离越来越远,急了,她一面追着,一面抓起身旁一座小山向叶尔吐斯特克砸去。小山砸在沙里库克战马的尾巴上,没有砸中叶尔吐斯特克。沙里库克挨了一石头,一声长啸暴跳起来,四只银蹄重重地打着地面,大地被沙里库克的蹄子震得不停地颤抖。这时妖婆见一石头没有砸中叶尔吐斯特克,又抓起一座更大的大山,使出全身力气向叶尔吐斯特克砸去。叶尔吐斯特克听见背后大山砸来的响声,把缰绳猛地一收,沙里库克一下子直立起来,大山正好落在他们前面。这座大山没有砸上叶尔吐斯特克，可是却把颤抖的大地砸裂了，一道又宽又深的裂缝横在叶尔吐斯特克的面前。这时正好沙里库克的前蹄落了下来，叶尔吐斯特克想拐弯已经来不及了，连人带马掉进了地缝。

叶尔吐斯特克在地缝里不知道坠了多长时间，最后终于落到地底。到地底以后，叶尔吐斯特克见地底也与地面上一样有山川、平地，有森林、草原。草原上不仅有牲畜、鸟兽，远处好像还有毡房、宫殿。只是地底不像地面那样可以看到天上的太阳，四周都是灰蒙蒙的，像地面上的雨天一样。叶尔吐斯特克正在马背上观看自己从未到过的另一个世界，他骑的沙里库克战马说话了。它对叶尔吐斯特克说："哎，叶尔吐斯特克！现在命运已经把我们送到了地底世界。我们虽说摆脱了妖婆的追赶，但我们要回到地面上去，必须去找蛇王巴布，只有他才知道回地上的路。"

叶尔吐斯特克听了沙里库克战马的话，才知道他们已来到另一个世界，要想从他们现在所在的地方回到自己的家乡，不那么容易了，于是忙问沙里库克战马："啊，我亲密的伙伴。你说的蛇王在什么地方，我们怎么去找他？"

沙里库克战马说："前面就是蛇王巴布的宫殿。他生平最仰慕勇敢的人，喜欢与真正的勇士交朋友。只要你大胆地去到他的宫殿，并经受住他对你的各种考验，他是会帮助你的。"

叶尔吐斯特克把战马留下来，一个人向蛇王的宫殿走去。不一会儿，他来到一座宫殿前，这座宫殿比人间所有的宫殿都要雄伟壮丽。高

大的宫殿,连同四周的宫墙,都是用金砖砌成的。叶尔吐斯特克来到宫院的门口,只见大门两旁各盘着一条乌黑闪光的大蟒。大蟒扬头吐信,两只火球一样的眼睛紧紧地盯着叶尔吐斯特克,像是马上就要蹿上来吞掉他似的。叶尔吐斯特克看见这两条吓人的大蟒,没有理它们,迈着坚定的步子径直朝大门走去。说也奇怪,两条大蟒见叶尔吐斯特克没有一点惧意地走过来,不但没有阻挡,反倒扭头跟在他的后面向宫殿爬去。叶尔吐斯特克走到宫殿门口,又见一条火一样的赤蛇和一条雪一样的白蛇盘在宫殿门口。这两条怪蛇见叶尔吐斯特克一个人走来,嘴里发出吓人的咝咝声,两根不停地闪动着的长信子伸得更长了,看样子是要阻止叶尔吐斯特克。叶尔吐斯特克对它们照样不予理睬,就像没有看见它们似的直往里走。眼看就要走过这两条怪蛇了,突然两条怪蛇"嗖"地一声蹿了上来,穿过叶尔吐斯特克的衣袖,钻到他的怀里。一会儿,两条怪蛇又从叶尔吐斯特克的怀里窜出来,钻进他的裤腿里。叶尔吐斯特克任凭两条怪蛇在自己身上钻来钻去,仍然像根本没这回事一样只管走自己的路。他走进宫殿,只见宫殿里爬满了大大小小各种颜色的蟒蛇。这些蛇见叶尔吐斯特克独自一人闯了进来大为惊异,立即吐着嘴里的信子将他包围起来。叶尔吐斯特克见几十条蟒蛇围上来,不但没有丝毫恐惧,反倒哈哈大笑着对宫殿上方一条金色的大蟒说:"哈哈!尊敬的蛇王陛下!对远方的客人,您就是这样迎接吗?我可是听说您是最好客的呀!如果您真是这样好客的话,就算我叶尔吐斯特克认错人了。再见吧,朋友!"说完,转身要走。

这时,那条金色的大蟒突然变成一个身穿金色王袍、头戴王冠、目光炯炯、面貌慈祥的老人，叫住叶尔吐斯特克说："等等，尊敬的客人！您英雄的名字我早就听说了。对您的到来，我是非常欢迎的。只是，请原谅我的孩子和大臣们没有见过您，所以这样和您见面。"说着，向群蛇一挥手，几十条蛇一下子都变成了人形，恭恭敬敬地向叶尔吐斯特克问好。

这时，那两条怪蛇也从叶尔吐斯特克的怀里蹿出来，变成了一个身强力壮的小伙子和一个年轻漂亮的姑娘。他们出来以后，接着蛇王的话对叶尔吐斯特克说："啊，尊敬的叶尔吐斯特克勇士，请原谅我们的莽撞！就像我们父王所说的那样，我们地底世界的人都欢迎您这样的勇士，我们早就想同您这样的勇士交朋友了！"

说着，卫士们在地毯上铺好了餐巾，端上来各种好吃的食物。蛇王和王子、公主宴请叶尔吐斯特克，表示了对他的欢迎。席间，蛇王问起叶尔吐斯特克怎么到地底来的，来地底下有什么事。叶尔吐斯特克把自己的情况告诉了蛇王，最后要求蛇王告诉他地面的路。蛇王听了叶尔吐斯特克的要求说："尊敬的叶尔吐斯特克！我可以告诉您回地面去的路，只是想请您先为我办一件事。事成以后，我立即派人送您回地面上去。"

叶尔吐斯特克问蛇王要他帮助办什么事。蛇王说："我的儿子爱上了离我们这儿有七个月路程的铁木尔汗王的姑娘，铁木尔汗王的姑娘也很喜欢我的孩子。可是，就在我派人去向铁木尔汗王说亲的时候，有个叫克西夏的汗王在女妖白克吐尔派来的妖婆的怂恿下，也到铁木尔汗王那儿去求婚。铁木尔汗王听了妖婆的花言巧语，竟不顾女儿的

反对,提出来要我同克西夏汗王较量,谁胜了他就把女儿给谁。克西夏汗王本来就十分厉害,再加上妖婆的支持,更是不可一世,当即要我发兵,一年以后在铁木尔汗王那里决战。我发兵去同克西夏汗王战斗,肯定会有大量的伤亡,弄不好还会送掉我这条老命。可是不去,一对青年会伤心的,我也咽不下这口气。现在约定的时间就要到了,您能不能……"

叶尔吐斯特克不等蛇王说完立即说:"尊敬的朋友!请告诉我铁木尔汗王所在的地方,我代您去找铁木尔和克西夏汗王,一定能把铁木尔汗王的姑娘娶回来!"

蛇王见叶尔吐斯特克十分痛快地答应了自己的要求,非常高兴,忙起身领着王子和全体大臣向叶尔吐斯特克表示感谢,同时下令召集手下的人马,打算让叶尔吐斯特克带去。叶尔吐斯特克对蛇王说:"尊敬的朋友!我不需要您的一兵一卒,只请您告诉我铁木尔汗王的地址就行了。"

蛇王听说叶尔吐斯特克准备一个人去,不知道他有什么办法,又不好细问,只得把铁木尔汗王的地址告诉他,送他上路。

叶尔吐斯特克离开了蛇王,回到沙里库克身旁,把蛇王的请求和自己的决定告诉了沙里库克。沙里库克听了叶尔吐斯特克的话说:"哎,叶尔吐斯特克!你知道克西夏汗王的厉害吗?他手下的勇士一个比一个勇猛,再加上白克吐尔派来的妖婆诡计多端,你要战胜他,必须找到风腿英雄、灵耳英雄、快手英雄、搬山英雄、大肚英雄和神眼英雄。不然你是很难战胜他的。"

叶尔吐斯特克听了沙里库克的话，忙问那六位英雄都在什么地方。沙里库克说："他们在什么地方我也不知道。不过，听说他们就在这地底世界。他们也和蛇王一样，喜欢与真正的勇士交朋友，我们可以……"

叶尔吐斯特克不等沙里库克说完，立即打断它的话："不行呀，克西夏汗王约定的时间快到了，我们哪有时间去找他们呢？"

沙里库克说："既然这样，那只有凭你的勇敢和智慧了！"

叶尔吐斯特克说："这你就放心吧！"说完，跨上沙里库克出发了。

叶尔吐斯特克在路上走了一个月。这天，他正在一个荒凉的大戈壁上走着，沙里库克忽然停止了前进，两只耳朵竖了起来，像是发现了什么奇迹似的。叶尔吐斯特克见沙里库克忽然不走了，忙问它："哎，我亲爱的朋友，你这是怎么啦？"

沙里库克说："我好像听见有人奔跑的声音。"

叶尔吐斯特克忙向四周察看，平平的戈壁一望无际，看了半天，什么也没有看见。他正想再问沙里库克，忽然戈壁尽头扬起了尘土，接着传来隆隆的响声。不一会儿，尘土扬到了高空，隆隆声也越来越大。叶尔吐斯特克正对这景象感到奇怪，只见尘土下一群狍鹿箭一样地朝自己跑来。眨眼工夫，狍鹿群从叶尔吐斯特克的面前跑了过去，紧接着一个身材魁梧的小伙子飞跑着追了上来。叶尔吐斯特克见小伙子跑着追狍鹿，暗暗佩服他的神速。等小伙子跑到跟前，叶尔吐斯特克不禁大吃一惊，原来小伙子的腿上还坠着两块毡房一样大的巨石。叶尔吐斯特克还从未见过这样奇特的事情，忙叫住小伙子："哎，朋友！您这是干什

么呀？"

小伙子说："听说地面上的英雄叶尔吐斯特克来了，准备去同克西夏汗王较量。我想找叶尔吐斯特克，与他交个朋友，一道去教训教训那个不可一世的汗王。刚才在路上见到那群狍鹿，打算顺便给叶尔吐斯特克抓几只。"

叶尔吐斯特克觉得这样的小伙子在与克西夏汗王的较量中可能有用，也有心与他交朋友，就又问他："您想与叶尔吐斯特克交朋友，并同他一起去找克西夏汗王较量，您有什么本领？"

小伙子说："我的本领就在我的腿上。因为我腿上的功夫，人们都叫我脚不沾灰的风腿英雄。不瞒您说，在这个世界上无论是天上的飞禽，还是地上的走兽，要跑起来没有能快过我的。您刚才也看见了，我抓狍鹿还得在腿上坠两块巨大的石头，不然我一跑就跑到了它们前头，抓不上它们了。"

叶尔吐斯特克听说小伙子就是风腿英雄非常高兴，忙对他说："原来您就是风腿英雄，那太好了！我就是您要找的叶尔吐斯特克，我也正想找您一块儿去同克西夏汗王较量，咱们就一同走吧！从现在起咱们就是朋友了。"

小伙子与叶尔吐斯特克一起上路了。他们在路上走了一个月。这天，他们正走着，忽然一个小伙子迎上来问他们："哎，朋友们！你们谁是地面上来的英雄叶尔吐斯特克？"

叶尔吐斯特克十分奇怪，这个陌生的小伙子怎么知道自己，便反问他："您找叶尔吐斯特克干什么？"

小伙子说:"听说地面上的英雄叶尔吐斯特克来了,准备去同克西夏汗王较量。我想找叶尔吐斯特克,与他交个朋友,一道去教训教训那个不可一世的汗王。"

叶尔吐斯特克听说他也想与自己交朋友去同克西夏汗王较量,忙问他:"您想与叶尔吐斯特克交朋友,并同他一起去找克西夏汗王较量,您有什么本领?"

小伙子说:"我的本领就在我的耳朵上。不瞒您说,我是有名的擅长探听的灵耳英雄。在这个世界上无论什么人,也不管他在什么地方,只要他说话,我的耳朵一贴在地上就能听见。一个月前,我出来找叶尔吐斯特克,路上躺在地上休息的时候,听见了你们说话。所以我知道你们一个是脚不沾灰的风腿英雄,一个就是我要找的叶尔吐斯特克英雄。"

叶尔吐斯特克听说小伙子就是灵耳英雄非常高兴,忙对他说:"原来您就是灵耳英雄,那太好了!我就是您要找的叶尔吐斯特克。他就是我的朋友脚不沾灰的风腿英雄。我们正准备找您一同去与克西夏汗王较量,咱们就一同走吧!从现在起,咱们就是朋友了。"

小伙子与叶尔吐斯特克他们一同上路了。他们在路上走了一个月。这天,他们在一个人迹罕见的森林里休息,见一棵大树上落着一只斑鸠和一只喜鹊。说也奇怪,这两只鸟儿,一会儿斑鸠的尾巴长到了喜鹊的身上,一会儿喜鹊的尾巴又长到了斑鸠的身上。他们正对这奇妙的现象感到奇怪时,忽然在他们眼前出现了一个小伙子。小伙子问他们:"哎,朋友们!看样子你们走了不少的路,你们看见地面上来的英雄

叶尔吐斯特克了吗？"

叶尔吐斯特克看到突然出现的小伙子十分惊奇，问他："你找叶尔吐斯特克干什么？"

小伙子说："听说地面上的英雄叶尔吐斯特克到地底世界来了，正准备去同克西夏汗王较量。我想与他交个朋友，一同去教训教训那个不可一世的克西夏汗王。"

叶尔吐斯特克听说小伙子也要去同克西夏汗王较量，不知道他有什么本领，问他："您想与叶尔吐斯特克交朋友，并同他一起去找克西夏汗王较量，您有什么本领？"

小伙子说："我的本领就在我这双手上，我是快手英雄。我手上动作之快，在这个世界上没有一个人能够察觉出来。刚才你们可能已经看见了，连最机警的斑鸠和喜鹊，也不知道我调换了它们的尾巴。"

叶尔吐斯特克听说小伙子是快手英雄非常高兴，忙对他说："原来您就是快手英雄，那太好了！我就是您想要找的叶尔吐斯特克。我正准备找您一道去同克西夏汗王较量，咱们就一同走吧！从现在起咱们就是朋友了！"

小伙子与叶尔吐斯特克他们一同上路了。他们在路上走了一个月。这天，他们在一条宽阔的河边碰见一个魁梧的小伙子。小伙子正抓起河边一座座高耸入云的大山朝河对岸扔。等河这边的大山扔完后，小伙子又跳到河那边，把刚才扔过去的大山再一座座扔过来。叶尔吐斯特克见到小伙子神奇的举动十分惊异，等小伙子把扔过去的大山统统扔过河来，又跳过来要再扔时，忙叫住他问道："哎，朋友！您这是在干什么呀？"

小伙子说："听说地面上的英雄叶尔吐斯特克到地底下来了，正准备去同克西夏汗王较量。我想与叶尔吐斯特克交个朋友，一道去教训教训那个不可一世的克西夏汗王。我特意在这儿等他。"

叶尔吐斯特克听说这个小伙子也想与自己交朋友去同克西夏汗王较量，非常高兴，忙问他："您想与叶尔吐斯特克交朋友，并同他一起去找克西夏汗王较量，您有什么本领？"

小伙子说："我的本领就在我的劲儿上。我的名字叫搬山英雄。这个名字，是人们看见我每天把大山扔过来扔过去给我起的。其实我扔这些大山，只是因为身上劲过多憋得难受，不得不用这个办法消耗一点。如果我使出全身的力气，无论地面还是地底，谁也比不过我。"

叶尔吐斯特克听说小伙子就是搬山英雄，非常高兴，忙对他说："原来您就是搬山英雄，那太好了！我就是您想要找的叶尔吐斯特克。我正准备找您一道去同克西夏汗王较量，咱们就一同走吧！从现在起，咱们就是朋友了！"

小伙子与叶尔吐斯特克他们一道上了路。他们在路上走了一个月。这天，他们来到一个大海边上，正商量怎么渡海时，忽然一阵哗哗的巨响，大海中所有的水全向一个方向流去，一会儿就流光了。他们见海水流光了，立即下到海底继续赶路。刚走了不到两套绳，海水又忽然从流走的方向涌了回来。叶尔吐斯特克他们见海水又流回来，忙退回到岸上。他们退回岸上不久，海水已填满了整个大海。可是刚填满，又开始向刚才流的方向流去。刚流完，又涌了回来。就这样，一会儿工夫，

海水来回倒流了好几次,叶尔吐斯特克他们看到这种奇怪的景象非常惊异。在海水第七次流光的时候,叶尔吐斯特克他们发现远处海边坐着一个山一样高大的小伙子。他正张着大嘴,一会儿把海水喝进肚里,一会儿又把海水吐了出来。叶尔吐斯特克他们见到这个神奇的小伙子,忙到跟前问他:"哎,朋友!你这是干什么?"

小伙子说:"听说地面上的英雄叶尔吐斯特克到地底下来了,正准备去同克西夏汗王较量。我想与叶尔吐斯特克交个朋友,一块儿去教训教训那个不可一世的汗王。我正在这儿等叶尔吐斯特克。"

叶尔吐斯特克听说这个小伙子也想与自己交朋友去同克西夏汗王较量,非常高兴,忙问他:"您想与叶尔吐斯特克交朋友,并同他一起去找克西夏汗王较量,您有什么本领?"

小伙子说:"我的本领就在我的肚子里。我是世间从未吃饱喝足过的大肚英雄,我的名字叫库克塔吾沙。不瞒您说,从我出世以来,没有吃过一顿饱饭,没有喝过一顿饱茶。实在饿得慌了,我就到海边来喝海水。一面胀一胀肚子,一面把海里的鱼留在肚子里充饥。"

叶尔吐斯特克听说小伙子就是大肚英雄非常高兴,忙对他说:"原来您就是大肚英雄,那太好了!我就是您想要找的叶尔吐斯特克。我正要找您一道去同克西夏汗王较量,咱们就一同走吧!从现在起,咱们就是朋友了!"

小伙子与叶尔吐斯特克他们一道上了路。他们在路上走了一个月,这天,在一座高高的山顶上碰见一个大眼睛的小伙子。小伙子一见叶尔吐斯特克他们,立即迎上来对叶尔吐斯特克说:"啊,尊敬的叶尔吐斯特克,您好!"

叶尔吐斯特克一听十分奇怪,自己从未见过这个小伙子,他怎么会认识自己,于是问他:"您怎么认识我?"

小伙子说:"我几个月前就看见您到地底下来了。还看见您在蛇王巴布那里做客,看见您同地底世界这几位朋友相遇,看见你们向铁木尔汗王的领地赶路,所以专门在这儿等你们。"

叶尔吐斯特克又问:"您等我们干什么?"

小伙子说:"我听说您准备去同克西夏汗王较量。想与您交个朋友,一道去教训教训那个不可一世的汗王!"

叶尔吐斯特克听说小伙子也想与自己交朋友,一道去找克西夏汗王较量,十分高兴,问他:"您想与我交朋友一块儿去找克西夏汗王较量,您有什么本领?"

小伙子说:"我的本领就在我的眼睛上。我是地底世界看得最远的神眼英雄。在整个地底世界,不论你藏在哪个角落,我都能清清楚楚地看见。"

叶尔吐斯特克听说小伙子就是神眼英雄,非常高兴,忙对他说:"原来您就是神眼英雄,那太好了!我正准备找您一道去同克西夏汗王较量,咱们就一同走吧!从现在起咱们就是朋友了!"

小伙子与叶尔吐斯特克他们一道上了路。叶尔吐斯特克和六位英雄又走了一个月,来到了铁木尔汗王的领地。他们到时,克西夏汗王也带领着他手下的勇士来了。同时,为了观看地面上最大的英雄叶尔吐斯特克和地底下最强的汗王克西夏较量,地底世界所有的汗王和群众

也都集中到铁木尔汗王的领地上来了,一时间铁木尔汗王的领地布满了毡房,四类牲畜遍地皆是。

叶尔吐斯特克他们来到以后,铁木尔汗王照祖先留下来的习俗,杀马宰羊举行盛大的宴会,宴请所有来他领地上较量和观看的人们。宴会上,叶尔吐斯特克再次转达了蛇王巴布的愿望。希望铁木尔汗王为自己女儿的幸福着想,把女儿嫁给蛇王的儿子,让一对自幼相爱的青年在一起。同时,叶尔吐斯特克还以地底世界客人的身份向克西夏汗王提出希望,希望他能考虑地底世界各汗王之间的和睦关系,另娶别的姑娘。特别希望他不要受白克吐尔派来的妖婆的教唆,做出破坏青年幸福、伤害汗国间睦邻关系的事。叶尔吐斯特克的话,在座的汗王和群众听了都认为十分诚挚,纷纷赞扬叶尔吐斯特克到底是地面上来的大英雄,说的话合情合理。铁木尔汗王本来就没有什么主见,他提出让巴布同克西夏汗王较量主要是觉得两面都不好得罪,现在,听了叶尔吐斯特克的劝告无言可对,只是看着克西夏汗王。克西夏汗王之所以不可一世就是自恃手下有几个著名的摔跤手,再加上妖婆的煽惑。他听了叶尔吐斯特克的话,虽然也认为有理,但又不愿接受。因为他觉得自己已经宣布要娶铁木尔的姑娘,如果听了叶尔吐斯特克几句话就改了主意,不仅失去姑娘,还等于输给了叶尔吐斯特克和巴布。他对叶尔吐斯特克说:"吐斯特克,你胡叨叨些什么? 我们地底世界的事,用得着你这个地面上的人来管吗? 我们地底下各汗国的关系,我们汗王们知道该怎么处理,用不着你来教训。既然你代表巴布来同我较量,明天我们比赛场上见高低好了!"说完,不等叶尔吐斯特克答话,站起来就走了。

叶尔吐斯特克见克西夏汗王如此骄横十分生气,当即派人去通知克西夏汗王:"明天一早,开始较量!"

第二天,叶尔吐斯特克骑着沙里库克战马,披戴上黄金盔甲,与六个朋友来到作为比赛场的草原。草原两边挤满观看的人们。叶尔吐斯特克他们一来,克西夏汗王立即派出他的摔跤能手上场挑战。克西夏汗王派出的摔跤能手,是一个一次能摔倒一百五十个小伙子的有名的勇士。他一上场,就高喊着叶尔吐斯特克的名字大骂,要叶尔吐斯特克快出场送死。他的喊声震动了周围的群山,震破了人们的耳鼓,观看的人们都被他的威风吓得呆住了。

叶尔吐斯特克见西夏汗王的摔跤手那不可一世的样子,万分恼怒,翻身下马要去同他交手。这时,他身旁的搬山英雄拦住他:"哎,叶尔吐斯特克! 这头一阵让我去吧! 让克西夏汗王和他手下的人见识见识真正的勇士是什么样子!"说完,大步走上场去。

搬山英雄来到比赛场上,克西夏汗王的摔跤手见上场的是一个年轻小伙子,大不以为然,傲慢地对搬山英雄说:"哎,小伙子! 你知道你头上将要降临什么样的灾难吗? 我劝你还是不要把自己的头往死神的身上拴。同我摔跤不是你这样的孩子干的事。你要是有头脑,趁早回去让叶尔吐斯特克来!"

搬山英雄听了这一番狂言大为恼怒,他尽量压住自己的火气对对手说:"你这个愚蠢透顶的家伙是害怕了吗? 你刚才的威风到哪里去了? 怎么一见我上场,就变得像一个啰啰嗦嗦的老太婆了! 拿出你

全部力量扑上来吧，像一个真正的勇士那样，不要在摔跤场上哼哼唧唧的！"

克西夏汗王的摔跤手还从未遇到过敌手，更没有受过这样的奚落，气得哇哇怪叫，一声大吼向搬山英雄猛扑上去，想一下子就把搬山英雄按进土里。搬山英雄早有准备，见对手猛扑上来，不仅没有躲避，反倒迎了上去。克西夏汗王的摔跤手只顾进攻，根本没作防守，对搬山英雄意外的进攻慌了手脚，被搬山英雄一把抓住了衣领。搬山英雄抓住对手的衣领，像勇猛的猎鹰抓一只瘦弱的小鸟一样，轻轻一提就将对手提了起来。接着，他把对手举在头顶转了几圈，然后又轻轻一扔，就把对手扔到比赛场外的大山后面去了。克西夏汗王见自己的摔跤手一上去就被摔到山后去了，大为恼怒，马上派出两名更厉害的勇士去摔搬山英雄。搬山英雄见克西夏汗王又派出两个摔跤手暗暗好笑，等那两个摔跤手快到自己跟前时，突然纵身向他们背后跳去。两个勇士见搬山英雄向自己跳了过来，以为他要先发制人，忙拉开架势准备招架，搬山英雄已跳到他们背后，从后面抓住他们的腰带，把他们举了起来。两个勇士被搬山英雄仰面举在空中，就像被放倒的牲畜一样，四肢在空中乱踢打。搬山英雄举着这两个勇士，准备把他们扔给克西夏汗王。这时，克西夏汗王见自己两个能摔倒二百个小伙子的摔跤手，一上场就被搬山英雄举了起来，气得两眼冒火，不顾事先的规定，命令手下所有的摔跤手一齐上去，想把搬山英雄摔死。搬山英雄见克西夏汗王的摔跤手一齐拥了上来，心想，这个该死的家伙，看样子不让他知道我的厉害，他是会发疯的。想着，把两个勇士向空中轻轻一抛，等他们落下来时,一下抓住他们的脚将他们当作两根狼牙棒,向围上来的摔跤手们迎了上去。克西夏汗王的摔跤手们刚刚围上搬山英雄,就被他舞起的两根狼牙棒打得七零八落。不一会儿,搬山英雄手上的两个勇士,只剩下血肉模糊的四条腿了。搬山英雄扔掉手中的半截子勇士,一纵身跳到比赛场边上,抓起一座巨大的石山,一面把石山向上抛着,一面向克西夏汗王的摔跤手们走去。比赛场四周的人见搬山英雄把偌大一座石山拿在手里抛上抛下,像小孩玩石子似的,都吓坏了。克西夏汗王的摔跤手们更是把胆都吓破了,没命地四散逃窜,高声地向叶尔吐斯特克求饶:"哎呀呀,叶尔吐斯特克!叫您的勇士千万别把那山往我们的头上扔呀!"

叶尔吐斯特克见搬山英雄已取得了胜利,忙叫搬山英雄饶了他们。搬山英雄听见叶尔吐斯特克的呼唤,就把石山扔回到原来的地方,然后从容地走出了比赛场。一场比赛就这样结束了。

克西夏汗王没想到头一天比赛就这样惨,叶尔吐斯特克才派出一个人就打败了自己全部摔跤能手,非常懊丧。但他并不甘心失败,一个人在毡房里想着第二天怎样与叶尔吐斯特克决战。这时,白克吐尔派来的妖婆来了。她见克西夏汗王一个人闷坐在毡房里,故意对他说:"伟大的汗王,您怎么啦?一场比赛失败了就不打算娶铁木尔汗王美丽的女儿了?"

克西夏汗王说:"谁说不娶了?我正想明天亲自与那个马胸肉决战呢!"

妖婆一听,笑了笑说:"亏你还算地底世界最强大的汗王,这么沉

不住气！死几个摔跤手就要亲自上阵。难道就没有别的办法了吗？"

克西夏汗王听出妖婆话里有话，忙问她："有什么办法你快说！我们地底世界的人不习惯你们那弯弯拐拐的一套！"

妖婆说："你要同叶尔吐斯特克决战，必须先把他那匹沙里库克战马弄死，不然你休想战胜他。只是他那匹沙里库克战马不是一般的战马，除去叶尔吐斯特克，谁也接近不了它。不过，你可以向叶尔吐斯特克提出来与他赛马，把赛马的距离拉长到五天的路程以外。叶尔吐斯特克不是只有那一匹沙里库克战马吗，你挑出二十匹同样的骏马来放在比赛的路上，让骑马的孩子跑一天换一匹。这样你二十匹马赛他一匹马，就是赛不过他，也把他的沙里库克累死了。等折了叶尔吐斯特克的翅膀，你就容易战胜他了。"

克西夏汗王一听非常高兴，立即派人去通知叶尔吐斯特克明天赛马。他告诉使臣说，你去对叶尔吐斯特克说："如果没有能参加比赛的马，可以借给他两匹。如果害怕了，趁早悄悄回去，少在这儿丢人。"

使臣走了以后，克西夏汗王高兴地到马群里挑马去了。这时他万万没有想到他和妖婆在自己戒备森严的毡房里密谋的妙计，早被一直注意他言行的灵耳英雄和神眼英雄知道了。灵耳英雄和神眼英雄把他们听见看见的情况告诉了叶尔吐斯特克。叶尔吐斯特克忙找来沙里库克，把妖婆的诡计告诉它。沙里库克听后说："这个愚蠢的老妖婆，她哪里知道我的本领！我是距离越远，跑得越快。叶尔吐斯特克，你只管把比赛的距离拉到十天的路程。跑过三天的路以后，让那个老妖婆看看我的本领。不过，那时我再也不会自己停下来了。你看见我快到终点时，立即用三根结实的套绳把我拉住。如果你一次套不上我，或是三根套绳被我挣断，我就跑走了。这样的话，我们也就再见不到面了。所以，你一定要尽最大的力量把我拉住，不要怕把我勒坏。"

听了沙里库克战马的话，叶尔吐斯特克十分高兴，克西夏汗王的使臣一来，还未开口，叶尔吐斯特克就对他说："克西夏汗王派你来的目的我已经知道了。你回去告诉他，赛马的距离放到十天路程以外也可以，他有多少能赛的马全部参加都行。只要他的马有一匹能超过我的沙里库克，就算他获得了整个比赛的胜利！"

克西夏汗王听了使臣的报告大吃一惊。叶尔吐斯特克怎么会事先知道我的意思？但因为是自己提出的赛马，不赛也不行，只得从自己的马群里挑出二十匹最好的赛马来，让妖婆先带去安排。然后又挑出十匹同样的马来，准备第二天自己带到比赛场去与叶尔吐斯特克见面。

第二天，叶尔吐斯特克和克西夏汗王把各自的马带到比赛场。铁木尔汗王也为叶尔吐斯特克找来了几个孩子，准备让叶尔吐斯特克挑一个骑沙里库克。叶尔吐斯特克对铁木尔汗王说："尊敬的汗王陛下！我的沙里库克战马别人是驾驭不了的，让它自己到规定的起点去吧！"

铁木尔汗王不信有驾驭不了的赛马，更不相信沙里库克自己会到规定的地方去，吩咐他的小骑手们上马。可是，所有的孩子谁也无法接近沙里库克。别说孩子，连铁木尔汗王最优秀的驯马工，也近不了沙里库克的身。最后，铁木尔汗王只得派几个最有经验的驯马工跟在沙里库克后面，一起到规定起跑的地点。

十天以后，所有的群众纷纷到预定的终点住下，等着比赛的马到

来。人们刚到，就隐约看见很远的前方升起来漫天尘雾，赛马已经跑来了。不一会儿，尘雾飞快地滚了过来。人们见尘雾来得这么快，都非常惊奇。这时，神眼英雄告诉叶尔吐斯特克，跑在最前面的就是沙里库克，它像天上的流星一样跑过来了。叶尔吐斯特克一听，忙操起早已备好的三根套绳来到终点。他刚到，就见尘雾已快滚到头顶，同时，传来一阵隐隐的雷声。眨眼工夫，尘雾已滚到眼前，尘雾中一个小小的白点，闪电一样射过来。叶尔吐斯特克知道那白点就是自己的伙伴，忙闪到一边，向沙里库克奔去的方向撒出了套绳。套绳刚出手，就听到一声震耳的马嘶，紧跟着一道白光在叶尔吐斯特克眼前一晃，沙里库克已跑了过去。幸亏叶尔吐斯特克在闪身时撒出了套绳，沙里库克一来刚好被撒出的套绳套上。叶尔吐斯特克套上了沙里库克，立即感到沙里库克奔驰的力量，凭他的神力，也差点被沙里库克拉倒。

　　沙里库克正跑得起劲儿，突然被叶尔吐斯特克撒出的套绳套住。虽然它事前也知道，但由于跑得太猛，突然被人一拉，特别是叶尔吐斯特克又神力过人，当即被勒昏过去，三根套绳也被拉断了两根。叶尔吐斯特克见拉住了自己的伙伴，正在高兴，忽见沙里库克倒了下来，大吃一惊，禁不住扑上去抱着沙里库克的头恸哭起来：

　　　　你怎么啦，我忠实的朋友？
　　　　你怎么啦，我亲密的伙伴？
　　　　当我遇到不幸的时候，
　　　　克尼杰克依把你送到我身边。

我们一同跨过了无数大河，

我们一同翻过了无数高山。

在我们前进的路上，

我们克服了无数困难。

你从没有倒下过呀，我忠实的朋友！

你一直是勇往直前呀，我亲密的伙伴！

今天你怎么啦，我忠实的朋友？

今天你怎么啦，我亲密的伙伴？

我没有骑那匹花骏马，

因为花骏马受不了我会遇到的磨难。

我没有骑那匹黄骏马，

因为黄骏马受不了我会遇到的磨难。

克尼杰克依不让我骑花骏马，

因为她知道花骏马的蹄子会磨穿。

克尼杰克依不让我骑黄骏马，

因为她知道黄骏马的蹄子会磨穿。

她没有要她父亲给的无数骏马，

认为你才是勇士真正的伙伴。

她为了让你成为我的翅膀，

很早她就为我做好了马鞍。

克尼杰克依那些聪明的预见，

一直深深地镌刻在我的心间。

从此我们成了亲密的朋友，

你帮助我战胜了各种艰险。

在我们前进的路上，

你表现出惊人的智慧和勇敢。

你从没有倒下过啊，我忠实的朋友！

你一直是勇往直前呀，我亲密的伙伴！

你快起来吧，我忠实的朋友！

这是我的祝愿呀，我亲密的伙伴！

　　叶尔吐斯特克刚把他的歌唱完，沙里库克战马一声嘶鸣倏地站了起来。听见沙里库克震耳的嘶鸣，看见忽然平地跃起的战马，周围观看的人们才明白刚才突然卷来的尘雾和尘雾中那一道白光是怎么回事，禁不住齐声欢呼起来。克西夏汗王见叶尔吐斯特克的战马眨眼工夫就跑完了十天的路程，自己几十匹骏马却连影子都看不见，又急又气，只得悄悄地溜回到自己的毡房。

　　三天以后，克西夏汗王的骏马才跑来。这时，看赛马的人们早已散去了，克西夏汗王等自己的骏马回来以后，忙把妖婆找来商量对策。妖婆说："沙里库克不是一般的战马，虽然赛马输了，不能认为全部较量都失败了。叶尔吐斯特克有不同一般的马，我也有不同一般的人。这次白克吐尔让我来帮助你，特地给了我几个追能追上，跑能跑掉的小伙子。这几个小伙子不但跑得快，而且一连跑几天也不觉得累。你可以向叶尔吐斯特克提出，让他派人与我带来的小伙子比赛长跑。他要是派不出人，就要他自己参加。他派的人肯定跑不过我带来的小伙子。如果他亲自参加，就算他可能胜利，几天跑下来，不累死他，至少也十几天不能上阵。那时你再提出与他摔跤，摔倒他就像摔倒一个老太婆那样容易了。"

克西夏汗王听了妖婆的话虽然非常高兴，但不像上次那样轻信了。他把妖婆的话又从头到尾细细地想了一遍，然后对妖婆说："你怎么能肯定他派的人跑不过你带来的小伙子呢？不是听说他们中有一个什么风腿英雄吗？"

妖婆奸笑了两声，非常自信地说："我还有另一个妙计，只要他肯答应赛跑，任他什么英雄也会输的！"

克西夏汗王见妖婆那满有把握的样子，相信了她的话，立即派人去告诉叶尔吐斯特克，让叶尔吐斯特克派人参加长跑比赛。长跑的距离是三天的路程。克西夏汗王的使臣到叶尔吐斯特克那儿去时，叶尔吐斯特克已经从灵耳英雄那儿知道了一切。叶尔吐斯特克决定让脚不沾灰的风腿英雄参加比赛。因为妖婆没有说出她的"另一个妙计"是什么，叶尔吐斯特克只得让风腿英雄一路上多加小心。

风腿英雄接受了赛跑的使命，向规定的起点出发了。他到的时候，妖婆和她的人已先到了，正在一顶大毡房里休息。妖婆见风腿英雄到来，忙端出事先准备好的饭食来对他说："哎，孩子！你怎么现在才来？看他们都吃完休息了，你也快吃些东西早点睡吧！明天一早，我叫醒你。"

　　风腿英雄不认识妖婆，以为是铁木尔汗王派来给赛跑的人做饭的，向妖婆致了谢，抓起妖婆送来的羊肉大口大口地吃了个饱，吃完又喝了几碗油油的肉汤。他刚喝完，就感到非常瞌睡，连衣服也来不及脱就倒在地上呼呼地睡着了。原来妖婆在给他的饮食里放了大量的蒙汗药。也不知道过了多少时间，风腿英雄才从睡梦中醒来。他醒来一看，克西夏汗王派来参加赛跑的小伙子和妖婆都不见了。这时，他想起睡前妖婆给他吃的东西，才知道自己受了骗，急忙翻身起来向终点跑去。这次因为腿上没有坠巨石，跑起来真比旋风还快，眨眼工夫就追上了克西夏汗王的几个小伙子。不过，那几个家伙也跑得不慢，其中一个眼看就要到终点了。这时，风腿英雄忙从地上抓起一把沙土，大吼一声用力向那个家伙扔去。那个家伙正在急跑，突然听见背后雷鸣似的一声大吼，不知出了什么事，不由得回头去张望。就在他回头的一刹那，一团沙土打进了他的眼睛。他无法再跑了，不停地叫骂着。就在他揉着眼睛叫骂的时候，风腿英雄已跑到终点，获得了胜利。

　　三次比赛克西夏汗王都失败了。在这三场比赛中，克西夏汗王见叶尔吐斯特克的朋友都十分了得，而且叶尔吐斯特克和他的战马更比自己想象的要厉害一千倍。开始时的那副傲慢的气势早被吓跑了，再不敢提与叶尔吐斯特克交锋的话。不过，他还是不甘心自己的失败，又把妖婆找来，要她想更好的办法除掉叶尔吐斯特克。妖婆说："我有一个办法，根本不用你花什么力气，就能把叶尔吐斯特克除掉……"

　　克西夏汗王一听忙问她什么办法，妖婆说："听说地底世界有一口四十尺大的铁锅，那口铁锅藏在一个什么海里。你让叶尔吐斯特克去把铁锅捞上来。这样,他会被淹死在海里的。"

克西夏汗王也听说过有这样一口铁锅,只是不知在什么地方。听了妖婆的话,也觉得这是个万无一失的办法,立即派人去通知叶尔吐斯特克。克西夏汗王的使臣见了叶尔吐斯特克说:"我们汗王承认你在比赛中的胜利,但是几场比赛并不能说明你就是真正的英雄。如果你是真正的英雄,地底世界有一口四十尺的大铁锅,你把它拿到这儿来!"

叶尔吐斯特克把朋友们找来,问他们知不知道铁锅在什么地方。他的朋友倒是听说过这口大铁锅,但他们也不知道大铁锅在什么地方。叶尔吐斯特克让神眼英雄仔细察看地底世界,先找到藏铁锅的地方。神眼英雄看遍了地底所有的草原、森林、戈壁、沙滩,连铁锅的影子也没有看见。最后,他把目光转向地底世界大大小小的海子,终于发现在一个很深的海底隐隐约约有一座锅一样的大山。神眼英雄把看见的情况告诉叶尔吐斯特克他们:"海底那个圆形的大山倒像是一口倒扣着的大铁锅。只是那么大一口锅,又在那么深一个大海的海底,怎么捞上来?人要下去,只怕还没到铁锅跟前,早就淹死了!"大肚英雄说:"那倒没有什么,我去把海水喝干就行了!"

叶尔吐斯特克一听非常高兴,忙把沙里库克找来,与六个朋友一齐向大海驰去。一到海边,大肚英雄不等叶尔吐斯特克吩咐,张开大口就喝了起来。谁知,他喝了半天,海水怎么也喝不干,总有半海子的水留在海里。叶尔吐斯特克和他的朋友急了,不知道是怎么回事。这时,沙里库克忽然像是想起什么似的对叶尔吐斯特克说:"哎,叶尔吐斯特克,让你的朋友不要白费劲了。看样子那口铁锅就是你岳父说过的那

口宝锅。如果是它，不仅你的朋友喝不完这里的海水，就是喝完了，你们谁也别想把它拿上来！"

叶尔吐斯特克更急了，忙说："那怎么办，难道我们就这样输给克西夏汗王？"

沙里库克说："唯一的办法是我们两个一块儿到水里……"

叶尔吐斯特克不等它说完，就打断它的话："我们俩一块儿到水里去？我亲密的伙伴，你这不是开玩笑吗？"

沙里库克认真地说："我什么时候同你开过玩笑！"

叶尔吐斯特克见沙里库克那认真的样子，后悔不该责怪自己的伙伴，忙说："可是，我们俩下去不会被淹死吗？"

沙里库克说："哎，叶尔吐斯特克？你不是有克尼杰克依给你的这身盔甲吗？这不是一般的盔甲，穿上它不仅刀枪不入，而且能防火避水。"

叶尔吐斯特克听说克尼杰克依给他的黄金盔甲还有这样的作用，异常高兴，当即说："那我一个人去好了！"

沙里库克说："你一个人去拿不动那口铁锅。要知道，它的重量超过了几十座大山。如果它是倒扣在海底的，想把它翻过来都不那么容易，又怎么能把它拿上岸来呢？现在你只能骑上我下到海底，设法把锅拴在我的尾巴上，我把它拖上来。"

叶尔吐斯特克骑上沙里库克下海了。说也奇怪，他们一下海，海水立即给他们分出一条路来。不一会儿，他们就下到深深的海底。海底一片黑暗，眼前的东西都看不清楚，幸亏借着黄金盔甲发出的亮光，他们才看见脚下的路。他们在黑暗的海底找了好久，连个锅影子也没有找见。叶尔吐斯特克有些怀疑他的朋友是不是看错了。这时,沙里库克突然高兴地对他叫起来:"叶尔吐斯特克,快看!前面什么东西在闪光!"

叶尔吐斯特克仔细一看,果然远处有一点微弱的亮光在黑暗中闪动。他们朝亮光驰去,不一会儿,一座闪着褐色光芒的大山出现在他们面前。这座圆圆的褐色大山非常光滑,叶尔吐斯特克知道它就是要找的铁锅,忙下马向大山走去,想试试它到底有多重。起初,他两手抱住锅底,想把铁锅抱起来,可是不管他怎么用劲,铁锅就像生了根一样,一动也不动。随后,他又用手抓住锅边,用力往上抬。铁锅的一边倒是被他抬起来了,可是,铁锅周围的海水也跟着翻卷起来。幸亏他手撒得快,黄金盔甲又能防火避水,不然差点就被翻卷的海水强大的力量冲进锅里。沙里库克见叶尔吐斯特克差点被冲进锅里,忙叫他先想好办法再动手,不要冒险蛮干。它的喊声刚一出口,被激怒了的叶尔吐斯特克早已跑到锅边,猛地一脚向铁锅踢去。叶尔吐斯特克这一脚十分厉害,海水被搅得乱滚,铁锅也被踢翻过来。沙里库克见叶尔吐斯特克一脚把铁锅踢翻过来,禁不住对他发出了欢呼:"啊,叶尔吐斯特克,好神力呀!没想到你竟有这么大的力量!好了,铁锅既然已经翻过来,拉走它就容易了。你快把它拴在我的尾巴上,咱们上路吧!"

叶尔吐斯特克也没想到自己一下子竟把铁锅踢翻过来,忙把铁锅紧紧地拴在沙里库克的尾巴上,然后拖着它回到岸上。

第二天,克西夏汗王见叶尔吐斯特克和他的朋友不仅未被淹死,反倒从海底把铁锅捞了上来,非常害怕,忙把妖婆找来让她快想办法对付。妖婆这时也觉得叶尔吐斯特克和他的朋友确实厉害,不过她到

底比克西夏汗王奸猾,两眼一闭,又想出一个主意:"伟大的汗王,你不必慌张!叶尔吐斯特克不是侥幸找回了大铁锅吗,陛下不等他明天送锅来,先假装去向他表示祝贺,同时表示愿意从此与他和好,请他和他的朋友来做客。等他们来后,我只要在他们的食物里放一点毒药,他们就是有天大的本领也休想活着回去。"

克西夏汗王听了妖婆的主意觉得不错,立即派人抓来一匹白母马,又备好大量牲畜、珠宝,准备亲自去请叶尔吐斯特克。

可是,克西夏汗王与妖婆的话,又像前几次一样,一句不漏全被灵耳英雄听见了。灵耳英雄把妖婆的诡计告诉了叶尔吐斯特克和他的朋友,接着说:"这个昏王太可恶了,几次想害死你,干脆他来后把他宰了算了!"

叶尔吐斯特克说:"不,朋友们!克西夏汗王虽然昏庸,但主要还是受了妖婆的煽惑。再说他这次来,表面上还是来认输求和的。我们如果就这样把他杀了,在这儿的汗王和百姓会怎么看我们呢?"

几个英雄一听,嚷嚷起来:"难道我们睁着两只眼睛硬去上他的圈套吗?"

叶尔吐斯特克笑了笑说:"当然不能看着陷坑硬往里跳。不过,就像前几次的比赛一样,妖婆想出这样的诡计,我们就不能用智慧去战胜它吗?"

叶尔吐斯特克刚说完,能调换喜鹊尾巴的快手英雄立即接上去说:"对!那个妖婆想害死我们,我有一个办法让那个罪恶的家伙把扔到天上的石头最后砸到她自己的头上!"

英雄们一听,忙问他是什么办法。他说:"为了防止妖婆偷听到我的办法,请你们不要问我。克西夏汗王来请,咱们就尽管去,到时候我自会好好收拾那个愚蠢的妖婆。"

叶尔吐斯特克已猜到快手英雄的办法了,为了防止万一,他还想好另一个补救的主意。于是让朋友们不要再问,早点休息,准备去克西夏汗王那儿赴宴。不一会儿,克西夏汗王带着丰厚的礼物来了。他一来,先向叶尔吐斯特克表示了祝贺,随即说:"尊敬的叶尔吐斯特克,我提出来与您较量,又提出来让您去找铁锅,都是想证实人们对您的传颂。现在我承认您不但是地面上伟大的英雄,在我们地底世界也是不可战胜的。我愿与您交个朋友,请您到我的毡房去做客,希望您不要使我失望!"

叶尔吐斯特克见克西夏汗王果然来到,也像什么都不知道似的接待了他,听了克西夏汗王一番假意颂扬之后,叶尔吐斯特克对他说:"我到这儿来,本来就是想劝你们各汗国之间和睦相处。既然您愿意与我交朋友,我怎么会不领您这一番好心呢!不过,如果您真心与我交朋友,就请您邀请所有来这儿的汗王,让我们当众宣誓,永远友好下去!"

克西夏汗王没想到叶尔吐斯特克提出这样的要求,本来他不想让其他人知道今天的行动,可是叶尔吐斯特克已经提出来了,又不好拒绝,只得答应了他。

第二天,所有来观看比赛的汗王都到克西夏汗王那儿去了。克西夏汗王在宴会开始以前,照妖婆给他出的主意,在众多汗王面前不仅绝口不提他们的较量,而且大肆宣扬他们之间的友谊。叶尔吐斯特克

见克西夏汗王在人前绝口不提较量的事，也只向大家说明了克西夏汗王愿意与自己交朋友，希望与自己永远保持友谊的心愿。汗王们听了他们的话，都对克西夏汗王的突变感到惊奇，不知道他在搞什么鬼，但又不好细问，各自在一旁暗暗猜测。

宴会开始了，克西夏汗王特意将叶尔吐斯特克和他的朋友让进一顶山一样大的铁帐篷，自己与几个年长的汗王作陪。宾客入座以后，克西夏汗王一声命令，他手下的人立即给客人们端来各种饮食，本来端给叶尔吐斯特克和他朋友的食物都是照妖婆的吩咐下了毒的。可是在端上来前，都被快手英雄神不知鬼不觉地换到妖婆和她带来的小伙子们的盘子里了。宴会进行了好一阵，克西夏汗王见叶尔吐斯特克和他的朋友们不但没有死去，反倒越吃越高兴，忙借故出来把叶尔吐斯特克他们锁在铁帐篷里去找妖婆询问。他走进妖婆的毡房，只见妖婆和她带来的小伙子，一个个东倒西歪早死在毡房里了。克西夏汗王见妖婆忽然死去，大吃一惊，忙下令手下人马上放火烧铁帐篷。叶尔吐斯特克他们在帐篷里见克西夏汗王一出去，立即关上了厚厚的铁门，不知道他又要搞什么鬼，正暗暗猜测，忽然帐篷的铁墙传过来一阵阵热气。他们估计到克西夏汗王的用意了，一个个气得全身毛发都扎起来。搬山英雄更是气得肺都快裂开了，一纵身扑向铁门，想推门出去找克西夏汗王。可是，铁门竟像生了根一样，一动也不动。几个年老的汗王见前些天在比赛场上扔山的英雄都推不开铁门，吓得一面乞求克西夏汗王，一面对叶尔吐斯特克说："哎，叶尔吐斯特克！您就向克西夏汗王认输吧，不然我们都会被烧成灰的！"

　　叶尔吐斯特克见几个老汗王那着急的样子，哈哈大笑起来："你们不必害怕，那火是烧不过来的。你们要嫌太热，可以靠近我一点。要知道，这火，是克西夏汗王向我表示的友谊。"

　　几个老汗王这时才觉得尽管帐篷的铁墙都烧红了，可是叶尔吐斯特克身上好像有什么能驱火的珍宝似的，那热浪怎么也到不了叶尔吐斯特克跟前。不过，他们一听叶尔吐斯特克说到克西夏汗王的"友谊"，又不由得着急起来："哎，叶尔吐斯特克！您还相信他的鬼话吗！他明明是听了妖婆的煽惑，要害死您。怎么您……"

　　叶尔吐斯特克打断他们的话说："啊？那样的话，你们更不必害怕了，要知道能害死我的人现在还没有出世呢！如果克西夏汗王真是你们说的那样，我们出去看看。"说着站起来，飞起一脚将铁帐篷踢到七个大海的这面六座大山的那面去了。

　　克西夏汗王正在帐篷外面指挥卫士向熊熊火堆加柴，突然看见已经烧红的铁帐篷飞向了高空，叶尔吐斯特克和他的朋友们都好好地活着，吓得要命，忙装出一副兴奋的样子迎向叶尔吐斯特克："啊，伟大的英雄！是什么神灵保佑着您？您知道，我刚离开你们，就听说不知从什么地方跑来一个妖婆，用魔法把你们锁在帐篷里想烧死你们。我好不容易把那个妖婆杀死，过来指挥人们救火，那已经烧红的铁帐篷竟被神灵弄到天上去了。怎么样，你们没……"

　　叶尔吐斯特克听了他这番鬼话暗暗好笑，打断他说："我们没有被毒死，也没有被烧死，您放心好了！那个妖婆既然已经被您处死，我们的较量大约真的可以结束了吧，您说对吗？"

克西夏汗王再没有话好说了,只得当众宣布自己放弃娶铁木尔汗王的女儿。表示诚恳接受叶尔吐斯特克的忠告,永远与地底世界各位汗王和睦相处。人们听了克西夏汗王的宣布,齐声赞颂叶尔吐斯特克和他的朋友。铁木尔汗王立即吩咐重新设宴,庆贺地底世界的这件大事,同时也为自己的姑娘送行。宴会以后,人们纷纷离开,叶尔吐斯特克和他的朋友也告别铁木尔汗王,带上姑娘上了路。他们到了蛇王巴布的王宫,叶尔吐斯特克先把迎亲的情况向蛇王父子作了介绍,然后把自己的朋友一一介绍给蛇王。蛇王听了后更加钦佩叶尔吐斯特克,立即举办盛大的宴会,答谢叶尔吐斯特克和他的六个朋友。

宴会上,蛇王对叶尔吐斯特克说:"尊敬的叶尔吐斯特克英雄!您不仅为我的儿子带来了幸福,还为整个地底世界带来了和平。如果您不嫌弃,我想把我的女儿嫁给您,并希望您能永远留在地底世界!"

叶尔吐斯特克一听,忙说:"啊,尊敬的汗王,谢谢您的好意!只是,请原谅我不能遵从您这个意愿。请您立即告诉我回地面上去的路。您知道,我离开我的父母妻子已经很久了,现在恨不得马上回到她们的身边,宴会以后,我就准备上路。"

蛇王见叶尔吐斯特克回地面的意志十分坚决,只得把回去的路告诉他,又派了四十个小伙子和四十个姑娘做他的同伴。宴会以后,叶尔吐斯特克辞别了他六个朋友和蛇王父子,在四十个小伙子和四十个姑娘陪同下上了路。路上,他们不知道走了多长时间,也不知道经历了多少艰险,蛇王派来的四十个小伙子都死了,姑娘也死了三十九个,最后只剩下一个名叫库克努尔的姑娘和叶尔吐斯特克了。

叶尔吐斯特克和库克努尔骑着沙里库克战马，又走了好几个月，还没有走出地底世界。一天，他们又渴又累，在一条大河边上休息。刚歇了不一会儿，叶尔吐斯特克忽然听见不远一棵大树上传来凄惨的叫声。叶尔吐斯特克顺着叫声望去，只见几只刚孵出的雏鹰在树上哭泣。在离小鹰不远的树枝上爬着一条巨大的凶龙。凶龙正张着大嘴，准备吞吃那几只可怜的雏鹰，叶尔吐斯特克见此情景，急忙张弓搭箭对准凶龙的眼睛射去。凶龙的两只眼睛被射穿了，疼得从树上摔了下来。叶尔吐斯特克见凶龙摔下来，立即扑上去一刀将凶龙劈成了两截。劈死凶龙以后，叶尔吐斯特克原回到沙滩上睡了。

一会儿，一阵狂风暴雨又把他惊醒，一醒来，他立即发现风雨中一只长着一个鹰头一个人头的大鹰，正往河边的树林里飞。大鹰刚飞进树林，几只雏鹰就对它叽叽喳喳地叫了起来。听见雏鹰的叫声，大鹰突然回过头来向叶尔吐斯特克说起了人话。大鹰问叶尔吐斯特克："哎，人！你从哪儿来，干什么来了？你救了我的孩子，我要报答你！"

叶尔吐斯特克见大鹰问自己，忙把自己的情况告诉了它。大鹰听了叶尔吐斯特克的话说："原来你就是人们称赞的英雄叶尔吐斯特克！你说准备回地面上去，可你怎么走到这儿来了？在你来的路上有一条看不见的路，只有那条路才能回到地面上去。"

叶尔吐斯特克知道自己迷路了，忙请大鹰告诉他那条看不见的路在什么地方。大鹰说："那条路就是告诉你，你也找不到的。你们来的时候不是就没有找见吗！连蛇王派来送你的小伙子和姑娘都没有看见，你能看见吗？"

叶尔吐斯特克一听犯起愁来。大鹰见叶尔吐斯特克犯愁了,于是又对他说:"哎,叶尔吐斯特克!不要发愁,你和你的同伴骑到我的背上来,我送你们到地面上去!"

叶尔吐斯特克见大鹰提出要送他们上地面,高兴得急忙致谢,然后与库克努尔姑娘和沙里库克战马一起上到大鹰的背上。他们上去以后,大鹰让他们藏在自己的羽毛下面,告诉他们:"在我没有叫你们以前,千万不能从羽毛下出来!"说完,一展翅向叶尔吐斯特克他们来的方向飞走了。

也不知道过了多长时间,叶尔吐斯特克他们只听见外面呼呼的风声,却感觉不到是在前进,正准备问大鹰时,大鹰开口了。大鹰说:"哎,叶尔吐斯特克!已经到地面了,快出来吧!"

叶尔吐斯特克他们从大鹰的羽毛下钻出来,只见天空高悬着火红的太阳,他们真的又回到了地面上,高兴得像孩子一样在地面上打滚。大鹰等叶尔吐斯特克平静下来以后,从自己身上叼下一根鹰毛来给他:"你救了我的孩子,照说我应该把你送到你的家乡。可是,我的孩子们都太小,我必须每天喂它们,不能再送你了。这根羽毛虽然很小,但它是我身上长出来的,就像我一样,让它陪伴你回去吧!在你回去的路上,可能还会遇到一些困难。如果需要我的帮助,只要用火点着它,我会立即出现在你面前的。好了,好心的朋友,再见吧!祝你一路平安!"说完一展翅膀,闪电一样地飞走了。

大鹰走后,叶尔吐斯特克和沙里库克因为好长时间没有见到太阳了,如今在温暖的阳光下一晒,不由得瞌睡起来,就躺在柔软的草地上睡了。叶尔吐斯特克一睡,剩下的库克努尔也因为第一次见到太阳,头昏眼花,也跟着睡下了。他们这一睡,也不知道要睡多少时间,就让他们静静地睡吧。抽这个空,我们再说说那一心想把叶尔吐斯特克弄到手的女妖白克吐尔。

白克吐尔自从被克尼杰克依抢白了一顿之后,一心想把叶尔吐斯特克抓来,一则满足自己的欲望,再则对克尼杰克依进行报复。她先派出一个妖婆,想让妖婆逼叶尔那扎尔老汉把儿子送给她。妖婆没有完成她交给的使命,她非常恼火,把妖婆关了起来。随后,她又把妖婆有着九个灵魂的儿子曲因库拉克找来,命令他日夜守在通向地底世界的路口:"叶尔吐斯特克不会永远留在地底下,他总有一天会回到地面上来的。他一出来,你立即把他抓来见我。记住,如果你再抓不着叶尔吐斯特克,我就把你连同你的母亲一齐掐死!"

曲因库拉克是个凶狠残暴、力大无穷的巨魔。他有着九个灵魂,而且都不在他的身上。他的九个灵魂在什么地方,除了白克吐尔之外,谁也不知道,因此,谁也弄不死他。他仗着自己的力量,再加身上没有灵魂,成天在草原上胡作非为,谁都不怕。他很喜欢骑马打猎,又一天也离不开姑娘媳妇。看见谁的马好,他抓上就骑。看见哪个姑娘漂亮,他抱上就走。草原上的人们恨死他了,可是谁也拿他没法。他听了白克吐尔的命令心里老大的不痛快,一天到晚守在那荒无人烟的戈壁滩上,再不能到处走马放鹰玩姑娘了。但是,白克吐尔掌握着他灵魂的秘密,她的话不敢不听,只得答应下来,每天早晚到通向地底的路口去看看。

这天,曲因库拉克正骑着马向通地底的路口走去,忽然发现远处

有什么东西在阳光下闪光。他催马向闪光的地方跑去,只见草地上睡着一个威武健壮的青年和一个年轻美丽的姑娘。原来刚才看见的闪光的东西,是那个青年身上的黄金盔甲。在青年旁边,还有一匹雪白的骏马。骏马早就发现了从远处驰来的曲因库拉克,正嘶叫着一蹦一跳地向青年身边靠。不过,看样子青年和姑娘睡得很香,那马怎么嘶叫蹦跳,青年和姑娘谁也不动一下。曲因库拉克从那熠熠闪光的黄金盔甲。认出这个威武的青年正是他日夜等候的叶尔吐斯特克。忙取出白克吐尔给他的蒙汗药,悄悄在叶尔吐斯特克和库克努尔嘴里放了些,然后用龙筋套绳将他们绑在马上,拉着沙里库克到白克吐尔那儿去了。白克吐尔见曲因库拉克抓到了叶尔吐斯特克,立即把库克努尔姑娘赏给曲因库拉克,然后把叶尔吐斯特克抱进自己的毡房,打算等他醒来之后立即与他成亲。

第二天,叶尔吐斯特克慢慢苏醒过来,发现自己已被捆在一顶华丽的毡房里,身旁坐着一个年轻妖艳的姑娘,忙问姑娘这是怎么回事。姑娘见他醒来,笑着对他说:"亲爱的叶尔吐斯特克,你不认识我啦? 在克尼杰克依的家里,你曾和我对唱过,以后你父亲又亲口答应把你送给了我,我一直在等着你的到来。"

叶尔吐斯特克这才知道这个妖艳的女人就是荒淫奸诈、危害草原、破坏自己与克尼杰克依幸福生活的女妖白克吐尔,恨不得立即将她宰掉,不等她把话说完就大骂起来:"你这个凶残无耻的女妖,不要再说了! 你再怎么打扮,再怎么花言巧语,也打动不了我的心,更休想破坏我和克尼杰克依的爱情。你想要同我结婚! 你等着吧,等我先宰了你!"说着,就全身用力想挣断自己身上的龙筋。

白克吐尔听到叶尔吐斯特克的叫骂,恼羞成怒,不由得现出了丑陋的原形。她把满嘴黄牙咬得咯咯直响,好半天才冷笑着对叶尔吐斯特克说:"好吧,叶尔吐斯特克,我等着你来宰了我!"说完一闪身不见了。

这时,叶尔吐斯特克已挣断身上的龙筋,刚想跳起来抓白克吐尔,忽然眼前什么东西一晃,白克吐尔和毡房全没有了,周围一片黑暗,只有头顶很高很高的地方有一团亮光。叶尔吐斯特克不知道是怎么回事,好一阵才发现自己已被关进一口又深又潮的枯井里了。这口枯井不但又深又潮,井壁还特别光滑坚硬。关在这样的枯井里,若没人从井口放下长长的套绳,除去会飞,无论如何是上不去的。想到飞,叶尔吐斯特克立即想到大鹰,想点着大鹰给他的羽毛把大鹰请来。可是,他一摸怀里,羽毛倒是还在,火镰却被白克吐尔搜去了。没有火,怎么能烧着羽毛呢!叶尔吐斯特克只好在枯井里另想办法。

就在叶尔吐斯特克想着出井的办法的时候,白克吐尔已把曲因库拉克找来给他下了一道新的命令。白克吐尔对曲因库拉克说:"我已经把叶尔吐斯特克关进戈壁滩的深井里了。井口我使了魔法,所有的东西只能下去,不能上来。叶尔吐斯特克这一辈子也别想再出来了。不过,这家伙十分厉害,有可能爬到井口上来。为了防备万一,你每天到那儿去看一看,同时在井口加一道魔法。这样,他就是爬到了井口,也出不了井。我知道你不乐意到那个荒凉的戈壁滩去。作为对你每天辛苦一趟的报酬,我把叶尔吐斯特克的沙里库克战马赏给你。这匹沙里库克战马可不是一般的马,骑上它天涯海角什么地方都可以去。只是

你不骑的时候一定把它拴好。不然它一跑走，你再也无法找到它了。"曲因库拉克听说把沙里库克战马赏给他，高兴地接受了白克吐尔交给他的差事，每天到关叶尔吐斯特克的枯井跟前，看一看井里的叶尔吐斯特克，同时在井口加一道魔法。这样，叶尔吐斯特克要出井就更难了，他所作的种种出井的尝试都失败了。

日子一天一月的过去，叶尔吐斯特克在枯井里已关了很长时间了。在这段时间里，被白克吐尔赏给曲因库拉克的库克努尔已经有了孩子。被白克吐尔关进枯井的叶尔吐斯特克也变成了一个白胡子的老头儿。女妖白克吐尔换了无数个情人，却始终不放叶尔吐斯特克出来。魔鬼曲因库拉克每天骑上沙里库克战马去看看叶尔吐斯特克，然后就到各处去打猎，找姑娘。

一天，曲因库拉克看过叶尔吐斯特克以后，来到一个从未到过的阿吾勒。在阿吾勒附近的泉水边，他发现一个到泉边来打水的姑娘非常漂亮，忙过去想和姑娘搭讪。姑娘一见曲因库拉克那狰狞的长相，吓得哭叫着跑回家去了。曲因库拉克还从未见到过这样美丽的姑娘，哪肯放过，忙催马追了上去。他追到姑娘的家，下马来取马襻儿想襻沙里库克，可是叶尔吐斯特克做的龙筋马襻儿不见了。他知道一般的马襻儿襻不住沙里库克，普通的毛绳更是拴不住沙里库克。照原路返回去找龙筋马襻儿吧，他又舍不得离开这个漂亮姑娘，只得解下自己四十尺长的龙皮腰带来绑住沙里库克的腿。沙里库克见曲因库拉克把叶尔吐斯特克做的龙筋马襻丢了，暗暗高兴。等曲因库拉克走进毡房以后，沙里库克很快咬开腰带的一个结，拖上腰带闪电一样跑了。它跑到关叶尔吐斯特克的枯井边上,把捆在后蹄子上的腰带缒下枯井,让叶尔吐斯特克抓住腰带出来。可是,因为白克吐尔在井口使了魔法,沙里库克把腰带都拉断了,也没能把叶尔吐斯特克拉出井口。叶尔吐斯特克抓着半截拉断了的腰带又跌到了井底。在井底他忽然发现腰带上挂着曲因库拉克的火镰。摸到火镰,叶尔吐斯特克高兴得忘了疼痛,立即点着大鹰给他的羽毛,请来了大鹰。大鹰一来,叶尔吐斯特克把情况告诉了大鹰,请大鹰设法送他出去。大鹰说:"那个女妖在井口使了魔法,所以这口枯井的深度能无限增加,你怎么也出不去。不过,她的魔法对我不起作用,送你出去并不困难,只要把你衔在我嘴里,眨眼工夫就出去了,只是出去以后,如果不能很快杀死曲因库拉克,那个魔鬼还会抓住你的。要杀死曲因库拉克可就不那么容易了。据说他的灵魂从来就不附在他的身上,到底藏在什么地方谁也不知道。你只有找到了他的灵魂,才能杀死他。"叶尔吐斯特克说:"那样的话,你先带我出去吧,出去以后我想会有办法的!"

大鹰将叶尔吐斯特克衔到嘴里,一展翅冲出了枯井。出井以后,叶尔吐斯特克送走大鹰,从沙里库克那里知道了库克努尔的情况,立即想出一个杀死曲因库拉克的法子,忙骑上沙里库克战马去找库克努尔。库克努尔一见叶尔吐斯特克,又是高兴,又是伤心,流着泪把自己如何遭受曲因库拉克蹂躏的情况告诉叶尔吐斯特克,请叶尔吐斯特克快救她出去。叶尔吐斯特克听了库克努尔的哭诉十分愤怒,忙安慰她说:"你先不要着急,我找你就是为了除掉这个草原上的祸害!听说那家伙的灵魂不在他的身上,不找到他的灵魂任何人也杀不死他。刚才

你说他很喜欢你这个孩子,使我又想到一个更好的办法,不过,这需要你的勇敢,不知你有没有这个胆量?"

库克努尔说:"什么办法? 只要能使我逃脱他的魔掌,我什么也不怕!"

叶尔吐斯特克说:"今晚我在你放摇床的地方挖个洞藏下,曲因库拉克回来睡觉的时候,你把孩子弄哭,然后对曲因库拉克说,孩子哭是因为他说他可能不是曲因库拉克的儿子,而是叶尔吐斯特克的儿子;如果是曲因库拉克的儿子的话,他的父亲会把儿子的灵魂和自己的灵魂放在一块的;现在他都这么大了,不仅不见他父亲把他的灵魂拿走,连他父亲的灵魂在哪儿都不知道。曲因库拉克听了你的话会答复你的,如果他不答复你,你就再一次把孩子弄哭,把上面的话再说一遍。最后,他会说出他的灵魂在什么地方的。"

库克努尔记下了叶尔吐斯特克的话,随即与叶尔吐斯特克一起在放摇床的地下挖了个洞,让他藏在洞里。晚上,曲因库拉克拖着疲惫的身子回到毡房,一回来就睡了。库克努尔等曲因库拉克睡下以后,悄悄把孩子狠拧了一把,孩子哭了起来,吵得曲因库拉克不能入睡。曲因库拉克嫌吵,让库克努尔快把孩子哄好。库克努尔一面假装着哄孩子,一面仍悄悄狠狠地拧孩子,孩子越哭越凶。曲因库拉克感到奇怪了,问库克努尔:"哎,我说老婆! 孩子今晚上怎么啦? 为什么一个劲儿哭?"

库克努尔说:"孩子说他可能不是曲因库拉克的儿子,而是叶尔吐斯特克的儿子。他说,如果他是曲因库拉克的儿子,曲因库拉克会把他们的灵魂放到一起去的;可是现在他已经这么大了,不仅不见曲因库拉克把他的灵魂拿去，连曲因库拉克的灵魂在哪儿都不知道，看来他就是叶尔吐斯特克的儿子。"

　　曲因库拉克听后爬到孩子身边，对孩子说："我亲爱的孩子，你快别胡说了。你怎么会是叶尔吐斯特克的儿子呢？不，不是的！千真万确，你不是叶尔吐斯特克的儿子，而是我的儿子！过去我没有告诉你我的灵魂在什么地方，是因为你还太小。听你今天的话，你已经长大了。你想要知道我的灵魂在什么地方，我可以告诉你。"说到这儿，他回过头来让库克努尔出去，然后小声地对孩子说："我的灵魂在遥远的布鲁克泉边。那儿有四十只野羊，其中一只是黑色的。就在那只黑色野羊的肚子里，有九个小黑箱子，其中的一个箱子里装着九只小黑鸟儿。那九只小黑鸟儿就是我的灵魂。什么时候你感到你的灵魂在你身上已搁不住了，就告诉我，我把你送到布鲁克泉去。记住，这件事除了你自己，不能告诉任何人，即使那人是你的母亲！记住，别人，尤其是我们的仇人，知道了我们灵魂所在的地方，我们父子就都活不成了！"说完，见孩子已平静地睡去，以为孩子已经满意了，也就放心地回自己被窝里睡了。

　　叶尔吐斯特克等曲因库拉克睡着以后溜出毡房，立即跨上沙里库克战马，连夜向布鲁克泉赶去。到布鲁克泉已是第二天早晨，正好四十只野羊来泉边喝水。叶尔吐斯特克见野羊向泉边走来，忙躲在一棵大树后找那只黑色野羊。他还没有找见那只野羊，羊群却像发现了他似的，忽然调头四散跑走了。叶尔吐斯特克因为没有找见那只黑野羊不好去追，只得耐心在树后等。快到中午时，戈壁在太阳照射下像火一样灼热，四十只野羊热得受不了，又慢慢从四面八方向泉边走来。可是它

们走到离泉边还有老远的地方又停了下来,互相议论道:"今天这儿怎么有一股特别的味道?"

"是呀?刚才我就闻到了,所以叫你们快跑!"

"我也闻到了,像是人的味道。"

"是不是曲因库拉克的什么仇人来了?"

"要真是曲因库拉克的仇人那可怎么办?我们都快渴死了!"

叶尔吐斯特克正发愁羊群离得太远,野羊的颜色又都差不多,看不清哪只是藏有曲因库拉克灵魂的黑野羊,听见它们的议论立即转忧为喜,心想:对!看你们能永远不喝水!那你们就在太阳地里晒着吧,不用多久我就有烤羊肉吃了!正想着,羊群又像是听见了他心里的话似的,一只只找背阴的凹地卧了下来。叶尔吐斯特克见羊群在老远的凹地里卧下来,心想:这些个家伙还真狡猾,我不能只是这样死死地等着!于是,在树后学着曲因库拉克的腔调哼哼起来:

我生命的保护者是四十只野羊,

我的灵魂就在你们的身上。

我的灵魂在一只黑野羊的肚里,

除了我谁也不知道这秘密的地方。

我已让叶尔吐斯特克遭殃,

他的快马已变成了我的翅膀。

他的库克努尔也成了我的老婆,

库克努尔还给我生了一个巴郎。

146

我唯一的儿子比我更身强力壮，

他一定会成为一个了不起的魔王。

他的肉体已装不下他非凡的灵魂，

我把他的灵魂带来附在我的魂上。

今天我专门来到布鲁克泉旁，

想看一看我的魂灵现在怎样？

布鲁克泉的水还像平时一样静静地流淌，

为什么我生命的保护者却那样惊慌？

啊，我生命的保护者黄野羊！

啊，我生命的保护者黑野羊！

你们为什么不到泉边来喝水，

是不是闻到人的味道而在彷徨？

你们放心地来喝这清澈的泉水吧，

这些天我一直在人堆里游逛。

人味不会不沾到我的身上，

你们大胆地来吃这绿绿的嫩草吧！

这些天我一直感到心情欢畅，

有我在谁敢到这布鲁克泉旁！

听到叶尔吐斯特克的哼哼，羊群相信了，纷纷跑到泉边喝起水来。叶尔吐斯特克等羊群过来以后，仔细查找所说的黑野羊。他把四十只

羊看了无数遍,怎么也不见一只黑的。

叶尔吐斯特克奇怪了,难道曲因库拉克昨晚发现了自己,没有说真话?要不就是这些野羊听出了自己的声音。叶尔吐斯特克正寻思着,羊群已喝饱了水,慢慢地向远处的草地走去。这时,走在最后的一只白色野羊,走着走着忽然变成了黑色。看见这只野羊颜色的变化,叶尔吐斯特克不由得暗暗骂道:"好狡猾的家伙,差点被你骗了!"骂着,迅速张弓搭箭,一箭将那只黑野羊射翻在地。

叶尔吐斯特克射翻了黑野羊,跑过去一看,黑野羊的肚子已自动豁开,露出九个乌黑油亮的箱子。九个箱子的样子完全一样,它们的重量也相差不多。叶尔吐斯特克把箱子一个个地打开,在第九个箱子里又有一个小箱子。打开这个小箱子,里面又是一个更小的箱子。他一直打开了九个一个比一个小的箱子, 在最后一个小小的黑箱子里看见了九只黑黑的小鸟。叶尔吐斯特克看见小鸟,一下子掐死了八只,剩下一只他决定先留着。以便去会一会曲因库拉克,与那个力大无穷的巨魔较量较量。

叶尔吐斯特克回到曲因库拉克的毡房, 正好库克努尔从毡房里出来。叶尔吐斯特克问她:"曲因库拉克在家吗? 他怎么样? "

库克努尔小声地说:"他好像是病了,一上午烦躁地高喊着口渴。中午不再喊了,可是忽然像丢了魂似的倒在毡子上睡了。"

叶尔吐斯特克听了十分高兴,不由得松懈下来。他一边向毡房里走去,一边故意大声问曲因库拉克:"怎么样? 永远不死的勇士,你的灵魂还在吗? "

曲因库拉克没有吭声,等叶尔吐斯特克走到跟前,猛地跳起来抓住叶尔吐斯特克与他摔打起来。叶尔吐斯特克本来以为曲因库拉克九个灵魂已经被自己掐死了八个,很容易就可以摔倒他,只用了一只手与他摔打。谁知他们从毡房里摔到毡房外,又从毡房外摔到毡房里,曲因库拉克也没有被摔倒。叶尔吐斯特克这时真正知道了曲因库拉克的厉害,于是两只手一齐上,认真与他重新搏斗。他们这一场摔打,可以说是草原上从未见过的,整整摔了四十个白天和四十个黑夜。平平的草地,被他们踏出来一个个海子一样的深坑。天空被他们掀起的尘土弥漫,四十天草原上尘雾蒙蒙,见不到太阳。大地也被他们的摔打震得不停地摇晃。四十天,草原上的人畜谁也不敢出来。到四十一天,叶尔吐斯特克已是满身大汗,曲因库拉克却越摔力气越大。这时,叶尔吐斯特克感到了危险,后悔自己不该大意轻敌,于是对在一旁担心地看着他们搏斗的库克努尔说:"可怜的库克努尔,我怀里有个小箱子,箱子里有只小鸟。你不要害怕,快从我怀里把箱子取出来,大胆地掐死箱子里那只小鸟!"

库克努尔鼓起勇气走到叶尔吐斯特克身边,从他怀里取出小箱子。曲因库拉克见库克努尔取出的那只箱子,正是存放自己灵魂的小黑箱,大吃一惊,想甩开叶尔吐斯特克去夺箱子。这时叶尔吐斯特克一面紧紧地抓住曲因库拉克,一面大声催库克努尔。库克努尔战战兢兢地打开箱子,里面却是九只小黑鸟。原来,四十天前被叶尔吐斯特克掐死的那八只小鸟,经过四十天,又慢慢复活过来。库克努尔见箱子里有九只小鸟,一愣不知该掐死哪一只。不过很快她就醒悟过来,急忙把九

只小鸟一只只全掐死了。在她掐最后一只小鸟的时候，叶尔吐斯特克也一下子把曲因库拉克摔倒在地，拧下了他的头。叶尔吐斯特克杀死了曲因库拉克，立即与库克努尔一起跨上沙里库克战马回自己的故乡去了。我们就让叶尔吐斯特克先往故乡走着吧！回过头去再说说叶尔吐斯特克的妻子克尼杰克依。

克尼杰克依自从送走叶尔吐斯特克以后，日夜盼望着叶尔吐斯特克平安归来。日子一天一月的过去，一转跟就是几十年，克尼杰克依不仅不见叶尔吐斯特克回来，连他的半点消息也没有盼到。乡亲们，包括叶尔吐斯特克的父母和八个哥哥，都认为叶尔吐斯特克准是被妖婆抓去了。叶尔那扎尔老汉非常恨自己，经常向克尼杰克依表示自己的内疚。克尼杰克依对叶尔吐斯特克的胜利归来倒是满怀信心。她相信自己从父亲那儿要来的沙里库克战马和黄金盔甲，能帮助叶尔吐斯特克克服种种困难。她更相信叶尔吐斯特克的勇敢和智慧，一定能战胜命运带给他的种种灾难。她几十年如一日，精心饲养着象征叶尔吐斯特克凯旋或遇难的白骆驼。她耐心地等待着白骆驼产羔，给她预示。

一天，克尼杰克依像平时一样，很早就起来去看棚圈里的白骆驼。一进棚圈，她发现昨晚拴得好好的白骆驼不见了。这时，她心情十分激动，禁不住惊呼起来："啊！可能我心爱的骆驼产羔的时候到了！啊！可能我英雄的丈夫回来的时候到了！"

克尼杰克依兴奋地奔向草原，在草原上四处寻找那寄托着她全部希望的白骆驼。她一边找，一边唱着充满激情的歌：

那扎尔的骆驼满驼圈，

只为了给勇士搬运家产。

我专向父亲要的白骆驼，

能预示我的英雄何日凯旋。

在英雄叶尔吐斯特克上路那天，

我给白骆驼配种，作了预言：

叶尔吐斯特克什么时候回来，

我心爱的白骆驼什么时候临产。

啊，我心爱的白骆驼！

你今天很早，你今天很早，

就走出去了，就走出去了。

英雄的消息，英雄的消息，

你是否已知道？你是否已知道？

他如今是健壮地活着，

还是已经可怜地死掉？

请快些告诉我，

我心里正搅动着翻天的浪涛。

快让我平静下来吧，

别让我思念的烈火再熊熊燃烧！

克尼杰克依正激动地唱着，突然缠在她腰上的那十二尺长的腰带

151

一下子掉下来,绕住了她的脚,使她无法迈步。这眼前的预兆,是显示叶尔吐斯特克即将凯旋,还是显示叶尔吐斯特克已经遇难,克尼杰克依还不知道,这使她更焦急不安了。这时,她禁不住弯下腰去捡起白绸抚摸着,向它打听。

> 轻柔的白绸啊,你为什么突然松开?
> 当年我设下预言才把你当作我的腰带。
> 今天你是否要告诉我什么好的消息,
> 我英雄的叶尔吐斯特克即将回来?

白绸子只在晨风中轻轻地飘舞,没有回答克尼杰克依。不过,这时克尼杰克依却发现在不远的山沟里,自己心爱的白骆驼正在那儿下羔。她顾不得等白绸的回答了,收起白绸就向山沟跑去。一进山沟,驼羔已经生下来了。看见驼羔,克尼杰克依更是抑制不住自己内心的高兴,喃喃地自言自语起来:"叶尔吐斯特克走时我曾设下预言,今天这两个预言同时现出兆头,看来幸福的日子真的降临到我头上来了!"说完,幸福地望着山沟外广阔的草原,期待着叶尔吐斯特克出现在这花毡一样绚丽的草地上。

就在克尼杰克依满怀幸福期待着叶尔吐斯特克的时候,莫测的命运却像是故意与克尼杰克依为难似的,叶尔吐斯特克没有等到,女妖白克吐尔却突然出现在克尼杰克依面前。白克吐尔一来就对克尼杰克依说:"啊,美丽的克尼杰克依,好长时间不见了,你生活得很幸福吧?

你心爱的叶尔吐斯特克一定给了你很大的满足吧？你的白骆驼和绸腰带不是都给了你预示吗？你心爱的叶尔吐斯特克在戈壁上一口枯井里被关了几十年，今天可能就是他死亡的日子。怎么样，克尼杰克依，听到这个消息，你感到满意吗？祝你永远幸福啊！"

克尼杰克依见白克吐尔这时出现，觉得不是什么好的兆头。听了她的话，更像掉进了冬天的冰窟窿一样，两眼发黑，浑身发冷，差点没有昏倒。好半天，她才突然暴发出凄厉的哭喊：

> 不！白克吐尔，你都胡说了些什么，
> 难道你不觉得你的话有多么罪过！
> 我没有做什么对不起你的事，
> 你，你，你为什么要这样折磨我！

随后克尼杰克依恸哭着向白骆驼和绸腰带发出了质问：

> 心爱的白骆驼，该死的白骆驼，
> 你快回答我，你快回答我！
> 我的叶尔吐斯特克真的死了吗，
> 你生下的驼羔到底预示着什么？
> 我青春的岁月全在等待中度过，
> 我还不曾过过幸福的生活。

我的叶尔吐斯特克就不回来了吗，

你为什么不回答我，不回答我？

心爱的绸腰带，该死的绸腰带，

今天你也自己松开，你自己松开。

我的叶尔吐斯特克真的死了吗，

没人用刀子逼你，你为什么掉下来？

几十年我一直在耐心地等待，

我深信他一定会胜利归来。

没有叶尔吐斯特克凯旋的消息，

你为什么要自己松开，自己松开？

克尼杰克依刚问完。像回答她的质问似的，草原上传来一声响亮的骏马长鸣。听见这熟悉的长鸣声，克尼杰克依忙扭头向马叫的方向望去，只见一匹雪白的骏马闪电一样向自己飞驰而来。眨眼工夫，骏马已跑到克尼杰克依跟前。克尼杰克依认出是沙里库克战马，马上坐着的一个白胡子老汉正是自己几十年日夜思念的叶尔吐斯特克。叶尔吐斯特克和克尼杰克依见面了，他们激动地拥抱着相互问好，述说别后的情况。听了叶尔吐斯特克的叙述，克尼杰克依想起身后的白克吐尔来，忙扭头去看，哪还有什么人，连影子也找不到了。原来白克吐尔见叶尔吐斯特克突然回到克尼杰克依身旁，又惊又怕，又羞又气，在叶尔吐斯特克和克尼杰克依拥抱的时候，偷偷溜走了。叶尔吐斯特克讲完他经过的一切，从怀里取出那块使他经受了这么多磨难的磨刀石来给了克尼杰克依。克尼杰克依得到磨刀石以后，立即摸着磨刀石说："比我生命还宝贵的磨刀石，恢复我们的青春吧！"

话音刚落，叶尔吐斯特克和克尼杰克依立即恢复了青春，叶尔吐斯特克又成了年轻的小伙子，克尼杰克依又成了年轻的姑娘，连沙里库克战马也变成了一匹五岁的战马。叶尔吐斯特克离开了几十年，如今凯旋归来，又恢复了青春，他的父母、哥嫂和全体乡亲都非常高兴。叶尔那扎尔老汉更是像驱走了头上的恶魔似的，高兴得胡须眉毛都笑了，立即吩咐杀马宰羊，重新为孩子举行四十天婚礼，四十天喜宴，请草原上所有的人来为孩子祝福。从此，叶尔吐斯特克和克尼杰克依在一起，用他们的勇敢和智慧，保卫着草原上的人们，使他们过上幸福生活。